UNA OFRENDA MUSICAL

Charco Press Ltd.
Office 59, 44-46 Morningside Road,
Edimburgo, EH10 4BF, Escocia

Una ofrenda musical © Luis Sagasti 2017
© de esta edición, Charco Press, 2022
(mediante acuerdo con Eterna Cadencia, Argentina)

La matrícula del catálogo CIP para este libro
se encuentra disponible en la Biblioteca Británica.

ISBN: 9781913867232
e-book: 9781913867249

www.charcopress.com

Revisión: Luciana Consiglio
Diseño de tapa: Pablo Font
Diseño de maqueta: Laura Jones

Luis Sagasti

UNA OFRENDA MUSICAL

CHARCO PRESS

Índice

Para Adriana

He oído que existe un acorde secreto que David
solía tocar, y que agradaba al Señor.
Pero tú realmente no le das mucha importancia a la
música, ¿verdad?
Leonard Cohen, *Hallelujah*

El sonido sordo y cauteloso del fruto
que cae del árbol. En medio de una incesante
melodía del profundo silencio del bosque…
Osip Maldelstam

LULLABY

No se saben las causas por las cuales un conde del siglo XVIII, sin más problemas que los que su condición conlleva –intrigas palaciegas, los celos de alguna doncella, el tedio como condición de protocolo–, no es capaz de hacer las paces con su conciencia y conciliar el sueño por las noches como Dios manda y él mismo quiere. Como todos, el conde de Keyserling entiende que es un castigo eso de velar sin luz cuando todos ya han partido hacia la infancia. Una pena que iguala, el insomnio no hace distingos a la hora de purgar culpas. Keyserling ataca el síntoma y no su causa (la nobleza siempre ha actuado de ese modo): le encomienda al cantor de la iglesia de Santo Tomás de Leipzig, que no es otro que Johann Sebastian Bach, una composición con la que pueda por fin dormirse. A cambio entrega una copa de plata rebosante de luises de oro. No hacía falta tal exceso, después de todo fue él mismo quien le consiguió al músico el cargo de compositor de la corte de Sajonia. Sobrepasando la altura de las circunstancias, Bach compone un aria a la que le añade treinta variaciones posibles. No será la melodía el patrón común de las composiciones sino la línea del bajo, la base armónica.

El encargado de darle al conde estas píldoras musicales será un asombroso clave que no solo toca a primera vista lo que enfrente se le ponga sino que, además, puede leer una partitura patas para arriba como un rockero toca con su guitarra en la espalda. Se llama Johann Gottlieb Goldberg. Es joven, es decir, veloz y pretencioso. Sin embargo, para evitar cualquier sorpresa, ensaya en la tarde previa los pasajes más difíciles. A la vez procura conseguir el tempo adecuado para que el noble entre al sueño.

Sin más mérito que el celo con que las ha abordado, la posteridad ha bautizado esta serie de composiciones como *Variaciones Goldberg* en honor a su primer ejecutante.

Un estrecho de Magallanes que se cruza a nado, la interpretación más famosa pertenece al pianista canadiense Glenn Gould. En verdad hizo dos; lo que hay en medio de ambas es parte de un planeta de veintiséis años. La primera versión es urgente y flamígera hasta donde lo permite el barroco y se grabó en 1955 (Gould contaba con veintitrés años); la segunda la edita poco antes de morir de un derrame cerebral a los cincuenta, en 1981. Con toda su genialidad, Gould no puede escapar al destino de los sabios: la lentitud de la última ejecución es la de quien sabe que de un círculo solo se sale antes de dar el primer paso.

Pese a la impronta de su apellido, el conde es ruso, y es el embajador ante la corte de Sajonia. Hay una inmunidad tranquilizadora, hay tertulias (o mejor: en palacio se vive en estado de tertulia), hay jabalí y confites por las noches, hay insomnio. Keyserling tiene un valet que es casi su confidente. Se llama Vasya y solo habla ruso. Por la puerta abierta del cuarto, junto al frío entrará también la música, y con ella, se espera, el sueño. Vasya debe cerrarla una vez que escuche roncar al conde.

Spokoynoy nochi, saluda pasadas apenas las diez.

El valet se aleja del cuarto y se lleva consigo la luz hacia la habitación contigua donde Goldberg aguarda. Deja el candelabro y con un movimiento de cabeza indica que se debe iniciar la ejecución.

Keyserling abre los ojos, observa la penumbra del cuarto de donde brota la música, y los vuelve a cerrar. Tapado hasta la barbilla y con un gorro en la cabeza.

Vasya, de pie a la derecha, observa las manos de Goldberg; Goldberg, la partitura.

Al otro día el conde hará una observación que es casi una orden: la distancia guardada entre variación y variación deberá ser más breve: cuando se produce ese hueco de silencio es expectativa lo que lo habita y así no hay forma de entrarle al sueño, claro. Lo cierto es que en esa primera noche Vasya escucha los ronquidos del conde antes de que se llegue a ejecutar la séptima variación. Cierra entonces la puerta del cuarto; Goldberg, el clave. En una bifurcación del pasillo se despiden en ruso y en alemán. El valet desciende las escaleras. Goldberg se dirige hacia la otra ala en busca de vino y conversación.

Las pausas entre cada variación no son un asunto menor, como no lo es en verdad ninguna pausa, y eso es algo que Glenn Gould sabe mejor que nadie. Se ha dado cuenta, y tal vez con el correr de las noches Goldberg también, de que en verdad no hay ninguna interrupción entre los temas: mora allí la música que solo se alcanza con el tacto. Cuando Gould finaliza cada una de las variaciones su cuerpo continúa agitado, se ve bien en los videos; ciega, la mano izquierda tiembla y mueve el brazo: una libélula sin desmayo palpa de la música lo que es pura simiente aún. Toca sin partitura.

En ese intersticio, en la grieta que separa cada variación, aparece la música que hace dormir al conde. Podemos adivinar que Gould repite los movimientos de Keyserling cuando se está por quedar dormido. Estos módicos espasmos, que acaso ocurran en las pausas, reciben el nombre de mioclono. Se trata de una contracción seguida de un relajamiento del músculo que experimentamos durante las fases iniciales del sueño.

En su práctica Goldberg ha encontrado que el espacio entre las variaciones no debe ser uniforme: por ejemplo, entre la número trece y la catorce apenas debe haber un respiro, entre la séptima y la octava se impone un silencio más frondoso. No es así cómo las ejecutará: la idea es lograr que el conde se duerma cuanto antes, las pausas debían ser breves, fue muy claro al respecto (es él quien paga, después de todo). En esta segunda noche el conde no reconoce la melodía; tiene oído para la música y buen gusto, según adulan, pero no una memoria prodigiosa como para darse cuenta si la música es la misma; eso es algo que advertirá mucho más tarde. Los ronquidos llegaron en el octavo tema.

Después de la variación número treinta las *Goldberg* concluyen con un aria *da capo* que revela la idea de circularidad. El primer tema, que da lugar a la serie, se repite al final. Todo empieza otra vez.

Es el cerrojo de Bach, por si Keyserling no se duerme. Y si el sueño no llega, ¿se dará cuenta el conde de que todo vuelve a comenzar? ¿Llegarían las mismas imágenes a ilustrar sus pensamientos? ¿Serán iguales los movimientos en la cama?

Existe una idea más o menos generalizada de que música y sueño comparten ciertos pliegues. En verdad, la naturaleza de su presente es muy distinta. El de la música incluye el placer de lo porvenir: anticipar una melodía que late unos compases delante es el postre que saboreamos cuando aún nos llevamos bocados calientes a la boca. El presente del sueño es pura leche de madre, no tiene un más allá.

¿Deberíamos ver a Goldberg como una Sherezade invertida en el espejo? Ella demora la muerte cada noche con una historia inacabada. Eso es lo difícil: dejar del califa las papilas abiertas y el estómago lleno al mismo tiempo. Goldberg, del otro lado del cristal, narra una y otra vez las mismas historias para que el conde reciba su pequeña muerte nocturna.

Hay una noche en la que Sherezade narra su propia historia: la de la mujer que posterga su muerte con un cuento cada luna. No es la seiscientos dos que tantas veces refiere Borges, aunque en ella, en la traducción de Cansinos Assens, hay una línea que la recuerda y que pudo haberlo inspirado: "¡Oh, rey nuestro! ¡He aquí un pajarillo que he cogido y que te traigo a causa de su hermosa voz! ¡Porque trina de un modo agradable!". "¡Sí! Date prisa a meterlo en una jaula y a colgarlo en la habitación de mi hija, junto a su lecho, a fin de que la distraiga con sus cantos y sus trinos...".

En un artículo de la revista *Variaciones Borges* la crítica Evelyn Fishburn afirma que la noche en cuestión es la última de las compiladas en la edición de Breslau de 1825, que luego Burton agregaría en el séptimo y último de los volúmenes suplementarios de una única edición, llamada edición de Luristán; allí aparecería el relato marco. Por imposible que parezca, Borges debió conocer esa inconseguible edición. No está de más recordar su cuento "Tlön, Uqbar, Orbis Tertius…". Allí la entrada *Uqbar*, que da inicio al misterio, solo se encuentra en las últimas cuatro páginas adicionales de una inadvertida reimpresión de la *Enciclopedia Británica*.

Borges es el tercer director de la Biblioteca Nacional que se queda ciego. Dos constituyen una casualidad, tres, una confirmación, escribe justificando el destino.

El Quijote lee *Don Quijote*, Hamlet asiste a *Hamlet*, siempre consignó.

La noche seiscientos dos es el tercer ciego.

Luna de umbral la de la noche que antecede a los mil desvelos.

Luna de umbral de nuevo allí, entre las estrellas que brotan de la garganta de Sherezade cuando se narra a sí misma. La siguiente, entonces, debería corresponder a la primera de la serie.

Y todo tendría que comenzar otra vez.

Dibujar un círculo, ubicarse en el centro y dejar la muerte fuera, de eso se trata.

¿Y si el califa reconoce los relatos, digo, se da cuenta del ardid? ¿Estará ya enamorado al punto de no importarle escuchar siempre la misma canción?

A qué arriesgarse, Sherezade.

La noche en la que el círculo puede comenzar a trazarse de nuevo es la puerta abierta que ella deja por si la muerte aparece al final de una historia. Lo que se dice un as en la manga.

Hay un nuevo cuento en la noche posterior.

Pero ¿no hemos escuchado eso ya en miles de canciones que vuelven a comenzar después de un estribillo? ¿O en esos finales en que el volumen se apacigua y nos habita la sensación de que la banda se aleja y que la canción es infinita?

Quedarse en la luna, como los chicos que no han nacido aún, ese espacio entre dos vidas que en el Tíbet llaman *bardo*, ¿no era acaso el silencio entre las canciones de un disco, la distancia entre dos movimientos de una sinfonía cuando se la escucha por primera vez?

(Ahora ese silencio solo lo custodia un teatro, ha desaparecido de nuestro ámbito más íntimo, ¿o es que alguien escucha un disco entero hoy día?).

Cuando era chico mi madre me cantaba *Dónde está el lobo feroz, tan atroz, tan atroz.* Y para mí *tan atroz* era una suerte de arrullo, un tarareo muy simpático; *tanatrós, tanatrós*, sonaba al vaivén de una hamaca. El miedo apareció cuando los sonidos adquirieron significado.

Una noche el califa pregunta intrigado: ¿De dónde sabes tú tantos cuentos?

Sherezade baja la cabeza. Y entre ellos dos se acomoda ahora un silencio distinto.

Ella dijo que los escuchaba de niña por boca de su padre y por boca del padre de su padre.

Ella dijo que improvisaba por prodigio de Alá. Ella dijo de un derviche.

Ella dijo de un lienzo donde están grabadas las historias, una alfombra maravillosa, que se parece a la luna.

Ella dijo que, en verdad, si se escucha bien, siempre está contando la misma historia.

Y ahora, desde ese lugar que es *siempre*, llega una tambura. La tambura es un instrumento de cuerda hindú de mango largo y gran caja de resonancia que emite un zumbido constante de tenso reposo.

Con ese sonido comienza "Tomorrow Never Knows", una canción de John Lennon inspirada en la lectura del *Libro tibetano de los muertos*. Compuesta sobre un solo acorde de Do, no tiene estribillos y parece casi un mantra. El resto de los Beatles colaboró activamente en su producción. Paul había traído de su casa una serie de loops, esas pequeñas grabaciones de no más de cuatro compases que se repiten al infinito, que se regrabarían más rápidos o lentos hasta hacer irreconocible su origen: se cree que la misma voz de McCartney, una guitarra distorsionada y vasos que se chocan, transmigraron hasta convertirse en las gaviotas que siguen a la tambura.

Y George Harrison grabó su guitarra al revés.

Comienza con *apaga tu cabeza* y termina con *juega al juego de la existencia hasta el fin del principio*.

No es muy claro lo que quiere decir esto último. Cómo saber cuándo termina el principio.

¿Cuál es el centro del círculo, Sherezade?

Para la variación dieciséis, centro exacto de las *Goldberg*, Bach compuso una obertura, es decir, un nuevo comienzo.

"Tomorrow Never Knows" es la última canción del disco *Revolver*, el que sigue, *Sgt. Pepper's*, es el primer disco de la historia que no tiene pausas entre los temas, como si todo fuera una sola y gran composición.

Llega el nuevo tema. De nuestra estancia en la luna no hay recibo que dé testimonio.

Escucho ahora la radio y me doy cuenta de que ninguna canción termina: de inmediato hay otra y otra más, todas inconclusas, y cada tanto una Sherezade idiota diciendo que es lindo (sí, *lindo*, dicen) lo que acabamos de escuchar. Desvelo de islam por fm. Ni media luna nos queda donde desaparecer.

Hay una frecuencia de radio no muy lejos de Moscú que transmite una suerte de zumbido fugaz unas veinticinco veces por minuto. La radio suena veintitrés horas y diez minutos por día desde hace cuarenta años. No se trata de un zumbido generado internamente sino transmitido detrás de un micrófono. A veces se perciben conversaciones lejanas. El 2 de septiembre del 2010 se escuchó un fragmento de *El lago de los cisnes*: la "Danza de los pequeños cisnes". Todo hace creer que hay fines militares detrás de esto, o sutilezas del espionaje. La torre de transmisión se encuentra al norte de Moscú, sobre una colina en medio de un bosque. "Mikhail Dmitri Zhenya Boris", había dicho una voz masculina un mes antes. Al parecer luego de esos sucesos la estación de radio cambió de posición.

No creo que el fragmento de Tchaikovsky haya sido una clave para espías. Algún operario de turno lo ha puesto para que nadie preste oídos. Sin embargo, alguien lo hizo y ya está en internet.

¿Qué estaba haciendo esa persona que logró escuchar *El lago de los cisnes*?

Andy Dufresne, condenado a prisión perpetua por un crimen que por supuesto no cometió, se encierra en una oficina de la administración de la cárcel para pasar por los altavoces un aria de *Las bodas de Fígaro*. No más de un minuto. Del otro lado de la puerta el alcaide y los guardias le ordenan lo que de ninguna manera piensa obedecer. Mientras tanto, la música sucede y no hay preso que no mire hacia arriba, los altoparlantes, el cielo. Se trata de una escena de la película *The Shawshank Redemption*, basada en un cuento de Stephen King casi del mismo nombre (y que en castellano se ha llamado *Cadena perpetua, Sueños de libertad, Sueño de fuga...*). "No tengo la más remota idea de qué cantaban esas dos italianas —dice en off su amigo Red— y lo cierto es que no quiero saberlo. Las cosas buenas no hace falta entenderlas. Fue como si un hermoso pájaro hubiese entrado en nuestra monótona jaula y hubiese disuelto aquellos muros. Y por unos breves instantes hasta el último hombre de Shawshank se sintió libre. A Andy le cayeron dos semanas en el pozo por aquel numerito".

Guiados por el capitán del barco que lleva las cenizas de una diva de la ópera para ser arrojadas al mar Egeo, un grupo de invitados ilustres —hay barítonos y tenores, claro— llega a la sala de las calderas. Desde arriba y apoyados en una baranda contemplan con espantada indulgencia a los tiznados y transpirados fogoneros. No cuesta ver al capitán como un Virgilio y a los invitados como Dante. Los obreros se descubren la cabeza cuando reconocen a los ilustres, dejan sus palas y les piden que canten para ellos. El sonido de las máquinas en magnífica monotonía marcial a la par de una competencia entre Do de pechos muy fálicos y sopranos de copas quebrar. Es el cielo ahí cerquita para los tripulantes, es el infierno en la voz del otro para los divos, que terminan esbozando *La donna è mobile* con los dientes.

Fellini filmó esa escena para *Y la nave va.*

Ningún bebé podría dormirse con "Tomorrow Never Knows".

Etimológicamente, *Bardo thodol* significa *liberación por medio del oído.*

Cuando un niño ya puede tararear una melodía, puede cantarla, deja de ser él música para pasar a ser una vasija donde se la recuerda.

Como los Beatles, Glenn Gould ha convertido el estudio de grabación en un instrumento musical más. La última versión de las *Variaciones* no salieron de una sentada sino que el pianista eligió las mejores tomas de cada una de ellas.

¿Qué significa apreciarlas de un tirón, entonces? Ecuchar lo que no puede reproducirse sino mecánicamente.

Con un año de diferencia, los Beatles y Gould dejan de dar conciertos.

¿Dónde poner punto final a una historia? Siendo clásicos: ¿una vez que el nudo ha sido desatado? Si bien se lo piensa, cuando un nudo se desata es porque hay otro que se arma. Cuando el libro se cierra, el califa y Sherezade hacen el amor (¿lo han hecho antes, acaso?). Mucho tiempo después, harto ya de comer perdices, el califa le ordena: cuéntame otra historia. Ella comienza con la noche apócrifa, la seiscientos dos: la historia de la mujer que debe comenzar otra vez a contar cuentos. El califa ríe de la ocurrencia y aguarda una nueva historia la noche siguiente. Antes que eso ocurra, Sherezade abandona el palacio.

El califa cena con unos embajadores, les ha dicho que luego de los postres su mujer los deleitará con una historia prodigiosa.

Los dos guardias negros se miran y nada dicen cuando ella sale al desierto. Hay luna, su silueta se recorta frente a las montañas de arena.

De pronto Sherezade se encuentra con la Muerte. La Muerte estaba escogiendo la mejor arena para su reloj.

—Hay un momento en la noche, un lapso muy breve —le dice sin mirarla ni saludarla— donde a nadie llevo conmigo. Es cuando salgo a recoger arena para mi reloj. Cada grano es una estrella. Cuando hayan pasado todos los granos de un lado a otro, cuando hayas visto todas las estrellas que debías mirar, pues ahí estaré contigo.

—No he visto estrellas por casi tres años —dijo Sherezade.

—Es verdad, hace tres años estabas a punto de ver la última estrella que te había sido deparada. Pero comenzaste a contar historias. Ahora es sencillo. Si levantas la cabeza y miras al cielo, esta noche te irás conmigo. Si no, baja ya la vista, ve a tu cuarto del palacio y cuenta esta historia. Mañana será otro día.

En su última versión de las *Variaciones* Glenn Gould introduce un cambio sutil, casi imperceptible, que hace abandonar la circularidad nocturna. Como si quisiera que el conde no se durmiera y condenara a Goldberg a habitar por siempre la noche sin ronquidos. Todo eso ocurre en el último compás del aria final, un ornamento con el que concluye la grabación.

En su ensayo sobre los traductores de *Las mil y una noches*, Borges consigna al menos nueve. Se detiene especialmente en el trabajo de Burton de 1872 y en la más famosa y acaso la peor, dice, la del arabista francés Jean Antoine Galland, quien ha agregado por cuenta propia algunos cuentos muy felices –Aladino, Alí Babá– que son ya parte del canon. Después de todo, el libro es una gran paella donde el pueblo agrega a la olla lo mejor que ha encontrado. No es cocina de autor un plato típico.

La gran contribución de Gould consiste, no en lo que modifica, sino en el gesto mismo de la modificación.

Glenn Gould graba la última versión de las *Goldberg* en el mismo estudio donde registró la primera. Esta dura treinta y ocho minutos y algo; la última, cincuenta y uno y casi los mismos peniques. En esa pausa de veintiséis años graba todo lo que Bach compuso para teclado. Se puede contemplar como una sola gran pieza musical (¿no se podrá hacer eso con la integral de cualquier músico?).

En el minuto treinta y cuatro del *Sgt. Pepper's* aparece la noche seiscientos dos: los Beatles comienzan a tocar de nuevo el primer tema del álbum, el que le da el título. Pero la siguiente canción no resulta ser la segunda del disco sino "A Day in the Life": pura astronomía sonora. Califas en la luna, nosotros los oyentes.

¿Y habrá querido Goldberg largarse del palacio alguna noche para ya no volver?

Una vez se me ocurrió pensar en un trabajo que solo ocupe una hora al día. Solo una hora, a condición de que no pueda dejar de hacerse nunca. Hay vacaciones, claro. Veinte días contando fines de semana. Aguinaldo. Muy bonito todo. El trabajo bien puede ser simple. Una hora a full, sin pavadas; digamos llevar unos números, hacer agujeros en la pared, nada muy complicado. Pintar. No hay sábado ni domingo. Siempre hay una hora al día en la que hay que cumplir con el trabajo. Y a la misma hora. Pongamos de nueve a diez de la mañana, nada de madrugones. Muy buena paga. Toda la vida. ¿No es eso, más que ninguna otra rutina, la medida exacta del tiempo?

Una noche, cuando ya esté curado de su insomnio, el conde recordará vagamente las variaciones que Goldberg ejecutaba. Se le mezclarán las melodías. La gota no lo dejará dormir. Goldberg se ha ido hace tiempo, Keyserling le ha regalado las partituras. Arrepentido pedirá a un músico del palacio que toque lo que apenas alcanza a tararear sin mucha gracia.

Caerá rendido el conde, agitado, sin recuperar del todo los fragmentos de las variaciones.

¿Cómo se habrá expresado Sherezade en las primeras noches? Velo y pirotecnia, acaso, ya que tiene por delante un puñado infinito de historias.

Envejece con cada cuento sabiendo de la arena que mengua en su puño.

¿Será más lenta la narración a medida que se reducen las velas?

Habrá sabiduría en la ejecución de su relato, sin duda. Pero ¿no es mejor volver al brío de la primera noche —después de todo el califa solo ama mujeres jóvenes–, llegar exhausta a la última y recibir a la muerte como a una hija perdida?

Es el canto naná monocorde de la madre lo que hace dormir a un bebé.

La melodía es la luz de la música, ella acapara toda nuestra atención; más aguda, más todavía.

Para que el niño duerma pronto el canto de la madre tiene que tener unas pocas, poquísimas notas; dos es lo ideal, si no el niño se queda persiguiendo ese haz que languidece en los párpados de la madre.

El lenguaje siempre horada: recién cuando logra destreza lingüística el niño se da cuenta de que sueña. Entonces la luz y la noche no son ya la misma cosa.

Se sabe hoy, por estudios de la fase rem, que un feto sueña.

Y solo puede soñar sonidos: el corazón latiendo de su madre.

¿Puede soñar un feto que el corazón de la madre se detiene?

Imposible, no se sueña lo que no se ha percibido.

La sola persistencia de un sonido transforma lo que era figura en fondo.

El silencio es el corazón de la madre latiendo.

El sonido, cuando sueña, cuando despierta, es el corazón de la madre latiendo.

Estar fuera y dentro al mismo tiempo.

El conde da vueltas en la cama. ¿Ha soñado esa melodía recién?

Sherezade cuenta su historia y el califa se rasca la cabeza como si tuviera sueño.

Duerme una futura madre y su feto también.

La paz perfecta es una muñeca rusa de leche intacta.

El *Wiegenlied* de Johannes Brahms, la más célebre canción de cuna junto al *Duérmete niño*, es una canción que se ronronea sin letra, con la boca cerrada, casi por instinto. Brahms la compuso en 1868 para Hans, el segundo hijo de una cantante sueca llamada Bertha Faber, con quien había tenido un romance siendo jóvenes. Al parecer esa melodía, o parte de ella, era susurrada por Bertha al oído de Brahms. El compositor la retuvo por años y la ofrendó al hijo de su antigua amante. ¿De dónde habrá sacado ella esa melodía? Es muy probable que se la hubiera cantado su madre. La melodía acuna a los amantes por un momento para hacer de dos uno.

Brahms escribe al padre del niño una inusitada carta: "Se dará cuenta de que escribí *Wiegenlied* para el pequeño de Bertha. Le parecerá que mientras ella se la canta al pequeño Hans, alguien le canta a su vez a ella una canción de amor".

Es fácil imaginar lo que sigue. Un hombre al que la sinceridad gratuita le ha obsequiado un perplejo disgusto. El niño entra al cielo y su padre al infierno cuando escucha a Bertha entonar esa melodía.

¿Dónde se encuentra ella cuando canta?

Prohíbe a su mujer acunar al niño con esa canción. Nutre su insomnio esa nana.

Se dice que la soprano la cantó en público en numerosas ocasiones. Era parte del repertorio cuando sabía que su marido no estaba en el teatro.

Y así el *Wiegenlied* se transformó en la canción de cuna más famosa del mundo.

Y Hans, a quien estaba dedicada, el único niño no acunado con ella.

Hubo una abuela que en las noches de Leningrado contaba a los niños un cuento antes de dormir. Siempre era el mismo, porque a los chicos no les gusta que les cambien las historias. De hambre o de frío, un día la abuela murió. Hubo otra entonces, que continuó con el sosiego. Pero, como no se sabía muy bien la historia, los chicos tuvieron que enseñársela. Noche a noche la corregían y perfeccionaban entre todos. Había hadas en el cuento y también animales que podían hablar. Novecientos días permaneció sitiada la ciudad por los alemanes.

Gould tiene insomnio; se queda horas hablando por teléfono como si solo por el sonido puro pudiera comunicarse. No sabe de husos horarios cuando llama. En más de una ocasión se han quedado dormidos del otro lado en medio de sus monólogos interminables. Se cree que tenía algo de asperger, acaso porque todo lo que no se diagnosticó con exactitud en su momento hoy cae por allí, o en la bipolaridad. Antes era la neurastenia. En todo caso, debemos imaginar a Gould noches enteras mirando por la ventana al bosque, allí, cerquita de Toronto, con el teléfono pegado a la oreja y una mujer del otro lado a la que es incapaz de dirigirle la palabra cuando la tiene enfrente. Duerme con la radio encendida y no entiende dos cosas: que a la gente le molesten los ruidos, la música de fondo, y que, al mismo tiempo, le guste esa banda que descubrió de casualidad en una emisora: los Beatles.

En el documental *Glenn Gould's Toronto* se puede apreciar a su protagonista cantando a los elefantes del zoológico el *Sermón de San Antonio a los peces* de Gustav

Mahler. La escena es extraordinaria por donde se la mire. A ver, este hombre puede dirigir paquidermos con alegría de desborde pero no puede hablar de frente con la gente que ama.

El bebé va escuchando cada vez más lejos el canto de su madre hasta que llega a la luna.

A la semana de iniciado el ritual, el conde ya conoce el camino que lo llevará al sueño, lo cual constituye un problema: cuando hay flechas indicadoras es difícil perderse en un bosque. Deberá acaso aguardar hasta la próxima variación, esa que aún no conoce, para poder dormirse. Un par de veces le pide a Goldberg que comience por cualquier tema. Pero el oído es un cazador de sonidos fosforescentes, imposible amigarse con el sueño.

Cuando Goldberg observa la luz aproximarse hacia él, algo entre la luna y el sol es lo que parece, inicia el aria. El conde ha dispuesto que las *Variaciones* no se ejecuten sino en su persona y solo cuando se encuentra ya en la cama. No quiere escuchar esa música fuera de esa hora.

¿Cuándo se canta la última canción de cuna? Languidece de a poco, como de a poco se entra al sueño, hasta que un día sin saberlo cantamos a nuestro hijo la última canción. Es él quien la ha pedido, acaso hacía unas noches que ya no la escuchaba. Nosotros no sabemos que será la última, nuestro hijo sí. Demora el sueño en llegar.

En un momento la canción de cuna de Brahms dice:

Sueña ahora feliz y dulce,
contempla en tus sueños
el Paraíso.

Cada tanto aparece en las noticias un video que alguien subió a internet y que millones han visto en poco tiempo batiendo esos récords improbables que, como el horóscopo del diario, se olvidan una vez que se dejan de leer. A un bebé en pantalla sigue de inmediato una exclamación que exhala todo el aire de los pulmones femeninos y de hombres adultos seguros de su sexualidad. La visión de un bebé es una suerte de mandala vivo que nos disuelve por unos instantes en el presente eterno que él habita. ¿En qué momento dejamos de mirar o de encantarnos con un niño? A qué edad, si uno no es el padre. ¿A los dos años? Digo de mirarlo por el solo hecho de mirarlo, no porque estuviera haciendo algo gracioso. ¿Cuando ya es inteligible todo lo que dice? ¿O el día en que deja de ser espontáneo, es decir, cuando aprendió a fingir? ¿Cuando la fragilidad va desapareciendo y ya no requiere de cuidados? Un bebé es protegido por todos, un chico por algunos, un adolescente por menos, los adultos se cuidan solos. La especie se preserva a sí misma; pero hay algo que falta en una explicación que viene así, tan darwiniana, porque contemplar un bebé es mirar la música en el espacio.

Entre 1901 y 1905 Gustav Mahler escribe sus *Canciones a los niños muertos*. Así finaliza la última composición que se parece tanto a una canción de cuna:

Los niños descansan
como si estuvieran en la casa de su madre
sin temor a las tormentas,
protegidos por la mano de Dios.

Con mágico terror de madre, Alma, su mujer, le grita:
¡No tientes al destino!

Vasya, el valet, deja el candelabro en una mesa junto
al clave. Escucha, con los ojos fijos en la penumbra. Él
también ya se sabe bastante bien las *Variaciones*. Puede
adivinar la que sigue. No puede intuir la que nunca
escuchó.

Variaciones encontradas del nombre Sherezade:

Shejerezada
Scheherezade
Scheherazade
Scheherazada
Sherezade
Sherazada
Sherezada
Shahrazad

El estreno de la nana de Brahms fue el 22 de diciembre
de 1869 en Viena. La cantó Louise Dustmann, y Clara
Schumann, amor imposible del autor, la acompañó en
piano.

En medio de la noche, donde se ha escuchado por
última vez la canción de cuna, en ese lapso muy breve
en el que nunca nadie ha muerto, el niño siente en el

sueño latir dos corazones. Se escucha uno, en verdad; se sabe de dos.

Vasya, el valet, deja el candelabro en una mesa junto al clave, su piedad no le permite pedir por el retraso del ronquido. Es la señal de que el conde ya duerme. Un trueno que anuncia la tormenta de sueños.

¿Sabía Clara Schumann la historia de la nana de Brahms?

Esta vez Goldberg llega a tocar veinte variaciones antes de que el conde se duerma. Debe haberse preocupado por algo, aventura en un susurro ininteligible. Vasya ensaya un gesto de extrañeza. ¿Es que acaso la medicina musical, como toda medicina, necesita de dosis cada vez mayores para surtir efecto?

Sobre el final de *Sgt. Pepper's*, en el último surco del disco, luego de que el acorde de Mi mayor con que termina "A Day in the Life" se disuelva, se escucha una serie de palabras sin mucho sentido grabadas al revés. Como un mantra, la púa del aparato quedaba detenida en esa rueda eterna si no se la quitaba manualmente.

Geertgen tot Sint Jans fue un pintor flamenco que murió en 1490 a los treinta años. Su legado alcanza solo doce obras. Al menos dos de ellas son de veras sorprendentes: *La glorificación de María* y *Natividad*. Reversos de una moneda, o los dos lados de un vinilo. *Natividad* es una obra nocturna que al parecer fue realizada para uso devocional privado, una suerte de mandala bellísimo inspirado en las visiones de Santa Brígida de Suecia, quien, en un rapto, había contemplado el vientre hinchado y latiente de la virgen y casi en superposición a un bebé luminoso en su cuna (tal es su lumbre que agua pálida es lo que el sol parece). El silencio radiante del cuadro de Geertgen es el envés de *La glorificación*. Aquí se advierte al dios bebé en brazos de su madre agitando dos campanitas como un poseso, rodeado de tres coros angélicos, si es que así pueden llamarse a los tres círculos que lo envuelven. Querubines y serafines de seis alas habitan el interno, que es amarillo; el segundo es caramelo, unos ángeles exhiben los instrumentos de la pasión: cruz, martillo, lanza y clavos; negro el tercero y allí hay ruido en serio: violas, laúdes, trompetas, tambores, zafonas, gaitas y cuernos, que nunca tocaron juntos en una orquesta, suenan allí al unísono. El crío mira hacia abajo a la derecha, donde un ángel agita las mismas campanas que las suyas.

Y el dios bebé parece un poco descontrolado.

Un concierto en el cielo, la fiesta de un mocoso que no quiere dormirse; hay algo de jazz en el asunto. Será porque los ángeles se parecen a esos demonios que pintaba Brueghel.

Se trata de un cuadro encantador. Sobre todo porque se ve al niño como sacadito y nada cuesta imaginar que toca fuera de ritmo o a los ángeles tratar de seguir un ritmo sincopado, desprolijo, imprevisible.

Salvo en horribles imágenes kitsch o estampitas new age para corazones de ternura cósmica no hay ningún cuadro donde se vea a Cristo sonreír. Mucho menos al bebé jugar; el repertorio de acciones se reduce a estar dormido o en brazos de la madre con la calma de un árbol.

No despide luz esta vez el pequeño. La luz brota de la virgen.

¿Qué canción de cuna le cantaba su madre a Little Nemo?

Falta una canción de cuna para los siete durmientes de Éfeso.

Y otra más para Rip Van Winkle.

Cuando yo tenía más o menos ocho años mi papá compró una radio que se llamaba Noblex 7 Mares. Era una supercomputadora que, amén de control de graves y agudos, tenía seis botones para sintonizar otros tantos anchos de bandas. La pantalla del dial era una amalgama entre arcoíris y pentagrama, y la aguja una batuta, o mejor: una caña de pescar.

Un botoncito rojo a la izquierda, que había que mantener apretado, iluminaba el universo.

Podíamos alcanzar todas las radios del mundo con la Noblex 7 Mares.

Habrán sido cinco o seis noches, o sea toda la infancia: después de cenar, levantábamos la mesa y mi padre daba vueltas el dial. Turbulencias, descargas eléctricas, silencios extraños, brasas crepitando, ballenas y delfines en asamblea, música lejanísima hasta que dábamos con una voz extranjera. Champoliones intentado descifrar la procedencia. Vaya a saber qué deducía mi padre cuando decía: *Alemania*. Mirábamos entonces encima del dial: el lado interno de la tapa tenía un planisferio con los husos horarios y allí, sí, estaba Alemania. La emoción duraba unos pocos segundos y arrojábamos de nuevo la caña al mar. Miles de kilómetros que se alcanzaban desplazando apenas un par de centímetros el dial. Es curioso pero de todo este asunto tengo sensaciones visuales antes que sonoras: los colores del dial, las lucecitas.

Y la idea indestructible de que mi papá era capaz de encontrar los tesoros más ocultos del mundo.

Una vez el conde se despertó a eso de las tres de la mañana. Oscuridad y silencio de años, como si nevara.

¿Estará nevando? Afinó el oído y abrió los ojos. Volteó su cabeza hacia la ventana: un huevo oscuro sin luna; se vuelve sin pensamientos casi cuando de pronto comienzan a aparecer ante él los primeros compases del aria inicial de las *Variaciones*. La cabeza en blanco por instantes hasta que la melodía arranca *da capo* de nuevo para volver a empezar al cabo de esos cinco o seis compases que insisten en ese pequeño paseo de círculo que a ninguna parte lleva. Al día siguiente el conde no recordará esa interrupción nocturna sino al acostarse, cuando Goldberg apoye sus dedos en el clave.

El mal del sueño también ha atacado a Vasya. Esa mañana en la cocina un tarareo mudo dibujó un trazo de noche en su calma de sol.

Y en una de esas tertulias de té con masas, Goldberg se ha visto obligado a corregir el rumbo de sus improvisaciones cuando sus dedos enfilaron sin la menor vacilación hacia los primeros compases del aria inicial.

En el 2007 y durante cuarenta y cinco minutos el notable violinista Joshua Bell ejecutó de incógnito algunas partitas de Bach en una muy concurrida estación de subte de Washington a hora pico. Se trataba de observar en forma más o menos científica las relaciones entre belleza, percepción y entorno. La acústica era excelente y Bell había llevado su Stradivarius de 1713. Se puede ver en video que nadie, fuera de una mujer con su hijo y un hombre que se detiene un segundo como si estuviera de regreso, le presta la más mínima atención, aunque algunos, eso sí, dejaron sus monedas. Bell, contra lo que el sentido común reclama, se sintió desconcertado. Se puede escuchar con nitidez el ruido de fondo, como una tela pintada a medias por Jackson Pollock.

En un momento oí a lo lejos, acaso en un anuncio publicitario, un fragmento de "Right Down the Line", una gran canción de Gerry Rafferty que escuchaba en la adolescencia, dijo luego a un periodista del *Post*.

Todo está oscuro y en silencio cuando el conde abre los ojos en la madrugada.

A veces el califa despierta en medio de la noche y sospecha: esta mujer algo trama con tantos cuentos.

Y el marido de la amante de Brahms se despabila cuando cree soñar con esa canción que ya se escucha en todas partes.

"How do you sleep?", pregunta desde este título del álbum *Imagine* Lennon a McCartney. Y canta: "Solo hiciste 'Yesterday'".

Hay algo malo en las *Variaciones*, piensa el conde, que cada vez tarda más en dormirse.

Años después, el hijo de Sherezade quiere que su madre le cuente un cuento, pero ella le canta una canción de cuna, un suave rizo sobre un niño perdido en el desierto que llega corriendo donde lo aguarda su mamá.

El conde no recordará haberse despabilado de nuevo en la madrugada cuando Vasya lo despierte al otro día sino vagamente, a media mañana, cuando crea escuchar a una de las criadas tararear algo parecido al aria inicial de las *Variaciones*.

Distinto del día, la noche es siempre la misma, por eso soñamos.
Pero las de Sherezade son todas diferentes.
Y las del conde todas iguales.

Goldberg estudia una partita mientras dos damas toman té. ¿Una de ellas no está tarareando el aria inicial?

Vasya, de pie junto a Goldberg, implora en silencio por una variación más, una nueva que le quite de la cabeza los acordes insomnes del aria alojada ya desde temprano mientras daba un par de órdenes en un alemán imposible al muchacho de los odres con leche para el té de esas damas obnubiladas por la destreza de un músico incapaz de sacarse de la cabeza las campanitas insistentes en que se han convertido los primeros acordes que desvelan al conde, oprimen a Vasya y lo impulsan a él a seguir el mismo derrotero de siempre por las teclas de un clave bastante bien temperado pese al frío y al calor cambiantes en la sala.

McCartney soñó con tal claridad la melodía de "Yesterday" que ni bien se despierta enciende un grabador y la toca en el piano convencidísimo de que no le pertenece: "Fue como si hubiera encontrado algo que debía entregar a la policía. Pensé que si en unas semanas nadie la reclamaba entonces sería mía".

"Yesterday" es la canción más interpretada de la historia. Se han contado más de tres mil setecientas versiones en todos los géneros imaginables. Y desde que se editó en 1965 invariablemente hubo una radio transmitiéndola hasta hoy, como si hubiera un acuerdo tácito entre programadores.

Y siempre hay alguien que canta una canción de cuna.

O que estaba la blanca paloma sentada en un verde limón.

Detenerse en el día antes de "Yesterday", cuando McCartney terminó de acumular lo que en sueños resultará la canción, el día de sol exacto antes de que llueva y la vieja vaya a la cueva. Ese día previo debe tener una consistencia semejante al día en que suena por última vez una canción.

Inadvertido para todo el mundo, en este instante una canción suena por última vez antes de regresar por donde vino.

No hace más de quince años un hombre del río Yangtsé, luego de un agotador esfuerzo, pescó sin saber el último ejemplar de delfín baiji. Cabe imaginar su alegría cuando llegó a la aldea, y el orgullo de su esposa y sus hijos. Festín de carne bien asada hubo esa noche.

¿Qué melodía habrá muerto cuando nació "Yesterday"?

El cuento del asno de oro que contara Sherezade se ha convertido en otra cosa en la boca de un eunuco y al parecer su final es distinto.

Cada vez son más en el palacio los que detienen su charla cuando perciben como miguitas que caen los primeros compases del aria inicial de las *Variaciones*. Luego la conversación gana la partida (Goldberg y Vasya tienen la certeza de que en los cuartos próximos algunos se acercan para escucharlas).

Había llegado a la variación número veinte cuando el conde se durmió esta vez y ambos, clave y valet, bajan a la cocina a tomarse un té. No hay damas esa noche para nadie, es el día de los muertos y esas cosas se respetan. Entonces Goldberg en busca del azúcar encuentra un recipiente de café abierto. Y por esas cosas del instinto se le ocurre oler la taza del conde dormido. Hay un dejo a café, seguro. Con un gesto le pregunta si huele algo raro y el mayordomo responde en ruso con hombros encogidos. Bueno, después de todo no es asunto suyo, piensa el músico.

Dos canciones de cuna compuso John Lennon, una para cada uno de sus hijos. La primera la canta Ringo y se llama "Good Night"; es un bálsamo casi kitsch que cierra ese aleph de los Beatles llamado *Álbum Blanco*; la otra es "Beautiful Boy" y aparece en su último disco. Ahí es donde escuchamos eso de que la vida es lo que nos pasa mientras estamos ocupados haciendo otros planes.

Una mañana Goldberg sale del palacio, hay nubes y hace un frío de oso. Camina por la aldea. Una mujer con un bebé en brazos tararea una nana en el umbral de una puerta. El músico le da una moneda, sin querer, uno de los luises de oro; no se dará cuenta de ello. Esa noche la mujer no puede dormir de la alegría. Si fuera gitana le leería las manos y le mentiría y le hablaría de una vida feliz y venturosa. El músico sigue, la melodía se le ha ido de la cabeza porque la ha ocupado la nana de la mujer pobre. Es un canto de unas pocas notas que se repiten fácil, claro, y piensa en que puede traspasarlas al clave y presentarlas como una de las variaciones de Bach. ¿No sería un buen atajo para que el conde entrara de una vez por todas al sueño?

Esa tarde Goldberg toca en el palacio la nana de la mujer pobre; improvisa sobre ella. Vasya escucha desde lejos. Cree reconocer la melodía, ¿no es la que su madre le ha cantado alguna vez de niño? Se acerca al clave, sonríe y algo dice en un ruso incomprensible. Goldberg hace un gracioso ademán con la cabeza e intenta deslumbrarlo con pasajes muy virtuosos.

El ritmo de una canción de cuna es el que naturalmente lleva la madre cuando se balancea con su bebé en brazos. Ese ritmo es el de un barco en un mar siempre calmo y oscuro. Es que toda madre lleva el arca de Noé en su vientre (allí están, después de todo, las cuarenta semanas de gestación y los cuarenta días del diluvio). Hemos sido todos los animales del arca antes de bajar a tierra.

Hoy "Yesterday" solo puede escucharse en un contexto incómodo y azaroso: en una radio, en un gimnasio, en el auto. Un rayo en la tormenta, una luciérnaga en el asfalto. A los codazos con el ruido de la emisora y de las máquinas y las bocinas, se lo vuelve a escuchar casi como por vez primera. Nadie escoge escuchar "Yesterday" en el living de su casa.

Es ese paseo imposible jamás dado de tan cerca: caminar por la vereda de enfrente de casa, de esquina a esquina.

No hay dos relámpagos iguales, después de todo.

—Tiene un gusto extraño el té —dice Goldberg y chasquea la lengua—. Como si tuviera un dejo a café.

Vasya lo mira extrañado.

—¿Café? —dice con una voz aguda que no le es propia.

Chaplin, Hitler y Wittgenstein, que nacieron en abril de 1889 con cuatro y seis días de diferencia, han sido acunados con la canción de cuna de Brahms.

Hay una música que se paladea antes que suene, aroma humeante que viene de la cocina: se apagan las luces y aún no comenzó el concierto. A veces la canción se disfruta porque uno ya saborea lo que sabe que va a suceder. Hay una parte que al conde le gusta en especial, de la primera y la cuarta variación. A veces no quiere dormirse sino después de haberlas escuchado.

¿Pero no deberíamos dormirnos sabiendo que es mejor no alcanzar ciertos lugares, que hay que dejarlos así, latiendo como una promesa porque solo llegan los que fracasan, los insomnes?

Saber que allí sobre el final hay algo que nos estará aguardando siempre.

Esa muñeca rusa.

Goldberg nunca tuvo muchos problemas para dormir. Ni para encontrar una dama que lo acompañara.

Spokoynoy nochi.

Goldberg nunca tuvo muchos problemas para dormir. Ni para encontrar una dama que lo acompañara.

Spokoynoy nochi.

SILENCIOS

El *Poema sinfónico para 100 metrónomos* es una obra que György Ligeti compuso en 1962; puede aflojar el ceño fruncido de un oyente poco entrenado si en vez de llamarlo *obra musical* se lo bautizara como *instalación* sin más. Por lo que se ve, la cara se distiende un poco si se soluciona el problema del significante. La obra tiene un carácter visual pues se instruye que los metrónomos deben disponerse en forma piramidal, además el público debe entrar una vez que los músicos han puesto en marcha todo de la manera más simultánea posible; es decir, se ingresa cuando la obra ya ha comenzado. El poema dura entre quince y veinte minutos. Lo que casi al unísono comienza, de a poco se desfasa; siguen entonces oleadas de ritmos superpuestos, bandadas de pájaros que surcan el cielo sin chocarse. A medida que los instrumentos languidecen, se deshilacha eso que parecían caballos al galope, máquinas de escribir en horas extra, gotas de lluvia sobre chapas, aplausos infinitos en un discurso de Stalin. En esa carrera de resistencia de cien voces monocordes en plan fuga de Bach hay cada vez menos caballos al trote, el sol detrás de las nubes disipa la lluvia, de a uno los empleados dejan la oficina, la obsecuencia soviética de un trío de secretarios hasta que solo queda el tic tac de un despertador.

Solo.

En un momento deja de sonar, pero el metrónomo continúa en movimiento.

Una gallina que corre sin cabeza.

El público no dice ni hace nada.

Cuando el último metrónomo por fin se detiene estallan los aplausos que suenan como caballos al galope en el asfalto, máquinas de coser clandestinas, un par de matracas gigantes, de nuevo la lluvia y de nuevo el sol, las oficinas se vacían, el auditorio se acalla de a poco hasta que la sala queda en silencio otra vez.

Tres años antes de que una depresión agazapada detrás del bourbon desde hacía mucho lo llevara a abrirse las venas en una bañera en Nueva York, Mark Rothko terminó una pintura donde prevalece un desganado amarillo aguachento. No lleva título, como la mayoría de sus obras, pero tampoco un número que la consigne. Mide 170 por 104 cm. Se trata de un trabajo que podría verse como crepuscular si no fuera que ya antes había pintado los pliegues de la noche en unos lienzos casi monocordes para una capilla de Houston —hoy conocida como Capilla Rothko—, un lugar abierto a todos los cultos. John y Dominique de Menil, una pareja de filántropos franceses escapados del nazismo, habían quedado impresionados por unos grandes paneles oscuros que el pintor había confeccionado para el restaurante Four Seasons del edificio Seagrams pero que, finalmente, remordimiento de socialista, terminó donando a la Tate Gallery no sin antes devolver el dinero que le fuera adelantado. Como sea, la capilla custodia la quietud (que es en definitiva lo que se espera en esos lugares). Dominique de Menil es enfática: "Las pinturas son muy silenciosas, muy tranquilas, casi como si no estuvieran allí".

Desaparecer, esa es la idea.

Volvamos. Ante tanta oscuridad en reposo la idea de una posible alborada en el ánimo de Rothko parece más adecuada para comprender su pintura amarillenta. El catálogo de Christie's la ofreció como una suerte de renacimiento abortado, la huella digital de un ánimo en derrape. La obra nunca fue exhibida. Perteneció a su mujer, quien la conservó durante años sin prestarla para ninguna retrospectiva; se trata de un trabajo de difícil curación: escapa a cualquier serie. Fue vendida en 1987 a un grupo inversor más que avisado ya que pagó por ella cerca de dos millones de dólares y la vendió en 1994 a once a un comprador anónimo en una nueva subasta. Durante esos años el cuadro permaneció en una bóveda de seguridad. Solo tomó aire en el remate; de allí de nuevo a otra bóveda de Wall Street, curiosamente en la manzana lindante a donde se encontraba antes en custodia. De su dueño nunca se supo nada. Cuatro años más tarde la pintura es ofrecida por Sotheby's. El martillo cae ahora en veinte millones, lo que constituyó en ese entonces récord para un Rothko. Un experto dijo que el precio era acaso excesivo ya que la obra da la impresión de estar inconclusa. De todos modos, una gran adquisición del grupo Harpers Investments. Extremas y sigilosas medidas de seguridad para el traslado de la obra a pocas cuadras de allí, la bóveda de otro banco.

Amén de todo, lo bueno de no saber leer música es poder contemplar los pentagramas autografiados como si fueran pinturas abstractas. Se puede percibir la musicalidad y el ritmo plástico e imaginar una coincidencia con lo que realmente significa. Barcos en el mar parecen las figuras en el rígido oleaje del pentagrama. El ruido en nuestra cabeza se acalla cuando suena recién la música.

Los navajos llaman *iikááh* a sus pinturas de arena, literalmente *entrar y salir*. Ellas constituyen una puerta hacia el otro mundo, donde moran las fuerzas indemnes, que son las primeras. Ellas vienen a restaurar lo que ha perdido armonía: un cuerpo enfermo, el fruto de una matanza inútil. Hacia la década del cuarenta el Museo de Arte Moderno de Nueva York invitó a un grupo de indios navajos a componer algunas pinturas con arena de colores para que los técnicos del museo pudieran copiarlas. La idea era preservar un patrimonio cultural valiosísimo.

Los navajos trazaron unos diseños de maravillosa pureza, sin embargo siempre dejaban una pequeña zona en blanco: los dibujos se encontraban incompletos. Doble llave a las puertas del ánima, de esa manera evitaban que las pinturas comenzaran con su tarea.

Una vez finalizado el ritual, los navajos resignan los colores a uno y congregan la arena en bolsitas sin decir palabra.

Se las suele arrojar a un río o se las deja a merced de un viento rojo. A veces también se las conserva.

A los chamanes navajos se los llama *hataali*, que significa *cantores*; son sus voces las que activan las pinturas.

Los tibetanos hacen exactamente lo mismo con sus mandalas de arena.

Una vez, para cierta ocasión a la que no pudo asistir, mi prima Paula me envió un sobre con la instrucción de que lo abriera muy despacio. Una carta decía: "No sé por qué hace treinta años que guardo esta copita entre mis cosas más queridas. Me la hizo tu papá un Año Nuevo. Seguramente, para que yo no hinchara más y dejara hablar a los grandes. Hubo algo en su mirada que me hizo tenerla hasta el día de hoy". La carta sigue un poco más. La copita está hecha con ese papel metalizado con que se cubre el cuello de una botella de sidra. Debe medir unos cinco o seis centímetros. Puedo ver en el cáliz un delicado esfuerzo. Mi padre tenía manos y dedos grandes; por el tamaño de la copita diría que la confección habrá implicado un momento de especial atención para él. Al desplegarse en espiral, la parte inferior del cáliz modela un mínimo tallo que se abre para formar la base que logra sostenerse con cierta inclinación. Una copa borracha. Nos juntábamos en Año Nuevo. Habrá sido después de brindar. Siempre fuimos muchos y muy ruidosos. En cada pliegue irregular, que puede llevarse a un lienzo con escasas y vigorosas pinceladas, veo la delicadeza de unas manos rudas. Se puede adivinar el proceso de su factura sin mucho esfuerzo. Acaso haya concluido la faena en menos de un minuto. Pero no es así como se miden estas cosas. Habrá dejado de escuchar a mi prima, conseguido que por fin cerrara su boca y abriera bien grandes sus ojos celestes. Me gusta imaginar que todo el mundo estuvo callado en ese momento. Sé que no fue así.

Paula vivió en muchos lugares y siempre llevó esa copita consigo.

La muerte sorprende a Bach escribiendo *El arte de la fuga*. La obra, entonces, concluye con una abrupta suavidad, como si alguien dejara de respirar en una cama.

En ninguna versión seria de la obra se regala un floreo o se disminuye el volumen cuando termina. Sencillamente los músicos dejan de tocar. Si no se conoce

El arte… tenemos un claro anticipo de la sorpresiva indiferencia de la muerte.

Glenn Gould la interpreta en piano. Para él, el último contrapunto era "la pieza más extraordinaria que la mente humana haya concebido jamás". Allí, en el final, se para en seco, sube abruptamente la mano izquierda y la baja como en un signo de pregunta que tiembla.

Es un latigazo eléctrico lo que ha sacudido su cuerpo.

Rothko era extremadamente obsesivo cuando preparaba una muestra. El público debía situarse a setenta centímetros de sus obras, por lo menos. Y la luz no podía ser ni focal ni natural. De hecho en su estudio reinaba una oscuridad letal, las ventanas siempre tapiadas de alguna forma.

Pintaba solo, sin testigos.

Y sus cuadros no debían dialogar con ningún otro; no compartían sala en ninguna exposición.

Una suerte de útero, luz modal. He creado un lugar, le dijo a la crítica Dore Ashton cuando fue a verlo a su estudio.

En 1968 la artista plástica Mary Bauermeister decide quedarse con sus dos hijos para siempre en Nueva York. Manda un telegrama con pago revertido a su marido Karlheinz Stockhausen comunicándole una decisión que ni cerca estuvo de imaginar alguna vez el músico. Stockhausen se queda como el marfil. Ella no contesta ninguna de las cartas y telegramas recibidos. Desechada la idea de suicidio, el músico inicia una huelga de hambre con el objeto de hacerla regresar. Durante los siete días que duraron los ayunos y en los que el músico no hizo nada sino quedarse encerrado en una soledad devastadora, escribe un texto llamado *Richtige Dauern*. Se trata de una composición cuyas instrucciones, entre otras cosas, dicen:

> *Toque un sonido*
> *Tóquelo durante tanto tiempo*
> *hasta que sienta*
> *que debe parar*
> *(…)*
> *Viva completamente solo durante cuatro días*
> *Sin comida*
> *En completo silencio, casi sin moverse*
> *(…)*
> *Después de cuatro días, tarde a la noche,*
> *sin conversación anterior,*
> *toque sonidos simples*
>
> *SIN PENSAR que está tocando*
>
> *Cierre los ojos*
> *Solo escuche*

Ya los Beatles habían editado *Revolver* y aún se seguían descubriendo japoneses de la Segunda Guerra defendiendo islas desiertas en el Pacífico, internados en selvas impenetrables. Estos soldados no se encontraban detenidos en la historia sino que habían alcanzado el punto de mayor tensión que a todos nos depara la vida para luego, como si fuera un elástico que recupera de a poco su forma, regresar cada vez más atrás en el tiempo hasta alcanzar las primeras mañanas. Habitantes de la quietud; atentos a cualquier indicio de un enemigo omnipresente; sin instrumentos para hacer música.

Un alerta de perro hambriento.

Un día de veinticinco años.

En verdad fueron muchos los japoneses que siguieron ocultos. Había más de tres millones de soldados en las islas del Pacífico, después de todo.

Solo conocemos a los que fueron encontrados.

El cuerpo adquiere autonomía: regula pensamientos.

Y un pensamiento regulado es cualquier cosa menos pensamiento.

Se llamaba Hiro Onoda el último japonés en hallarse. Los de Liverpool llevaban cuatro años separados cuando eso sucedió.

A veces Sherezade se queda en silencio y baja la cabeza como si buscara la palabra justa. Es cosa de dos segundos, el trino de un mirlo; antes de proseguir exhala un levísimo suspiro que una oreja atenta podría sentir sin problemas. ¿Puede amarse a una persona que no sea capaz de notar eso? ¿Cuántas noches más?

En la última escena de la película *La conversación* Harry Caul destroza su departamento con una minucia enfurecida. Comienza partiendo una imagen de la virgen María, luego continúa cuadro por cuadro, adorno por adorno, levanta incluso cada pieza del parqué del suelo. La cámara hace un paneo por un departamento que ya es Hiroshima; lo vemos sentado, la espalda contra una pared a la que le ha arrancado el empapelado; apura un lamento de terciopelo en el saxo. Harry Caul es un detective experto en grabar conversaciones; solo le interesa la calidad, no el contenido. Es el mejor, parece. Han instalado un micrófono en su departamento. Y le mandan una grabación con lo registrado.

Harry Caul tiene un japonés en la habitación, que sigue en guerra.

En 2004 el Rothko amarillento es adquirido por una compañía de inversiones de Inglaterra. Es trasladado hasta Londres y se aloja en el Barclays Bank.

Cuando concluye las *Variaciones Goldberg*, Glenn Gould levanta los dedos del teclado, no así las muñecas; practica un movimiento hacia abajo con la palma y las vuelve a subir, luego quita casi abruptamente la mano como si las teclas estuvieran calientes. Las dos palmas quedan perpendiculares al piano como si dijeran *Basta*. Gould se encuentra agachado, como siempre, luego baja las manos y las coloca en su regazo. Inclina la cabeza; da la idea de estar en posición fetal.

En 1893 Erik Satie compuso una pieza de unas ciento cincuenta notas llamada *Vexations*. La indicación decía que debía tocarse ochocientas cuarenta veces seguidas y que, por ese motivo, *será bueno prepararse con antelación, y en el más profundo silencio, para la más intensa inmovilidad.*
Se la ejecutó por primera vez en 1949 en el Pocket Theatre de Nueva York. El concierto fue organizado por John Cage. Catorce pianistas, incluido el mismo Cage, ejecutaron la obra durante más de dieciocho horas. Solamente una persona aguantó sin dormirse, un actor del Living Theatre llamado Karl Schenzer que trabajó en la primera película de Coppola, *Dementia 13*, y que luego, por su trabajo de detective privado, inspiró en el director la trama de *La conversación*. Al concierto, o a parte de él, asistieron Andy Warhol y John Cale.
Y por increíble que parezca, un par de días más tarde, Schenzer era incapaz de recordar la melodía de *Vexations*, pero podía repetir ciertas secuencias de sonidos circunstanciales que había sentido en la sala.

Stockhausen solo pájaros escucha en esa semana de soledad horrible. Pájaros y su llanto, cabe suponer. Y da vueltas por el cuarto.

En la primera y grandiosa escena de *La conversación*, Harry Caul es seguido por un mimo en una plaza.

En las noches de Tokio, Iori Kishaba, un soldado japonés apostado treinta años en una isla, mira por la ventana de su hotel encenderse las luces de una ciudad que ya no duerme. Solcitos contra el mar vertical de cemento. Mañana habrá condecoración y brindis. Piensa en su isla solitaria y el silencio entre las olas.

Como parte del repertorio de sus cortejos, las ballenas macho emiten sus cálidos cantos en un rango que oscila entre los 15 y los 25 hz. Aunque de por sí son muy gratos al oído humano, cierta ternura es lo que despiertan, siempre hay quien le pone soda al buen vino: pululan cientos de grabaciones en las que la música de las ballenas reposa sobre previsibles violines new age. Nirvana urbano en agua salada.

Es muy probable que las antífonas tengan otra función más allá de apareamiento, acaso delimitar territorios. Hacia 1990 la *Wood Hole Oceanographic Institution* localizó un canto de frecuencia muy, muy alta: 56 hz. Algo realmente extraño. Hoy se sabe sin margen de duda que se trata de una ballena que se desplaza por el Pacífico norte, de las Aleutianas hasta el golfo de California. Su canto es tan agudo que escapa al oído de sus congéneres. Se cree que puede haber nacido sorda o bien que se trata del último ejemplar de una especie desconocida. Da igual, su soledad es inmensa de todos modos. Por supuesto ya están allí dos jóvenes y entusiastas directores de cine, Adrian Grenier y Josh Zeman, listos para filmar un documental.

Destino de castrato, la ballena más triste del mundo no sigue la ruta de inmigración de ningún otro cetáceo. Al parecer su voz es cada año más y más profunda, como si intuyera cuál es el verdadero camino.

El canto de una ballena puede oírse a unos cinco mil kilómetros. Esa es la distancia entre Buenos Aires y Caracas, Moscú y Barcelona.

Y pueden llorar a sus muertos, las ballenas.

Setenta y cinco años demoró el público del Festival de Bayreuth, dedicado exclusivamente a las óperas de Wagner, en aplaudir a sopranos, bajos y tenores. Eso sucedió por primera vez en 1951. Ni los directores saludaban después de la función. Solo se aclamaba la obra (después de todo, ¿quién aplaude a un sacerdote en una misa?). El teatro había sido construido especialmente para albergar los trabajos de Wagner; salió indemne luego de que la aviación aliada destrozara la pequeña ciudad durante la guerra. Se llama *silencio de Bayreuth* a un bloque infranqueable que comienza cuando se apagan las luces, un par de minutos antes de que se abra el telón, y termina un minuto después que finaliza la obra. Nadie estornuda, nadie tose, nadie nada. Así desde 1876. "Uno se siente sentado en medio de cadáveres en la oscuridad de una tumba", escribió Mark Twain, que una vez estuvo allí.

Lo que más detestaba de los conciertos Glenn Gould era el aplauso del público. Lo consideraba un automatismo inmoral; puro artificio, en el mejor de los casos. En un concierto en que interpretó *El arte de la fuga* pidió al auditorio que se abstuviera de aplaudir y que las luces se apagaran débilmente hasta oscurecer la sala en señal de reverencia en el último contrapunto. Más tarde escribió un artículo: "Plan Gould para la abolición del aplauso y demostraciones de todo tipo".

Arrancados los objetos de su presente, ¿no deberíamos reunir la arena antes de que se conviertan en mercancía?

Contemplar una cosa bajo la forma de mercancía es inscribirla en el tiempo: apreciarla como futura ganancia, como inversión, como costo a recuperar. Verla en sí misma es sacarla del flujo temporal, equivale a regresarla al fuego mudo al que pertenece. Arena navaja.

Había una zona de la playa a la que Iori Kishaba iba siempre a la salida del sol. Oraba todos los días por la salud del emperador.

Cuando le preguntaron a Jackson Pollock sobre las influencias en su estilo gestual sumó a su lista las pinturas navajas que había observado hacia 1940 en el Museo de Arte Moderno de Nueva York. Encontrarse dentro de la pintura al trabajar es propio de esas culturas, agregó. Cuando el fotógrafo Hans Namuth tomó la famosa serie de imágenes donde se ve al artista pintando, declara que al entrar a su estudio "un lienzo fresco cubría el suelo entero... Había un silencio absoluto... Pollock miraba su trabajo. Después, inesperadamente, cogió una lata de pintura y un pincel y comenzó a moverse alrededor del lienzo". Lo que sigue es una danza chamán de casi una hora durante la cual el artista ni se enteró de la presencia del fotógrafo y su ayudante.

Ginebra, Singapur, Luxemburgo son algunos de los lugares donde se almacenan obras de arte que nadie contempla nunca. Goyas, Grecos y Picassos. Impresionistas en manadas como delfines. Un océano donde los clientes olvidan a menudo los peces que allí tienen. Cámaras blindadas, personal discretísimo. *Puertos francos* se los llama. Tanta obra acumulada en tan poco espacio hace que las compañías de seguros no quieran apostar un solo denario en el asunto.

El califa no puede dejar de cumplir su tradición de matar una concubina cada noche, la debilidad no es propia de un gran Señor. Cuando Sherezade a veces calla, simula una sonrisa y mira de soslayo a los presentes; a veces ordena vino. Cuántas noches más debería durar este sitio, se pregunta.

En una cámara de aislamiento sensorial, lo más parecido a un útero que hemos conseguido, solo podemos escuchar dos sonidos de distinta altura. El grave es la sangre que fluye, el otro es nuestro sistema nervioso, le respondieron a John Cage cuando preguntó por esos dos ruidos que había escuchado cuando salió de una de ellas.
Es imposible entonces escuchar el silencio. Lo mismo ocurre con la temperatura. No es posible alcanzar el cero absoluto, allí donde reposan todas las partículas.
273 bajo cero.

273 son los segundos que dura la obra *4' 33"* de John Cage, estrenada en 1952 por el pianista David Tudor ante el bullicio del público.

Un estreno de roles invertidos, si bien se lo piensa: nada se oye en el escenario, los únicos sonidos vienen de la platea.

Al finalizar la obra, Tudor se puso de pie y saludó al auditorio.

Que, desconcertado, por fin dejó de murmurar.

Nadie aplaudió, claro.

La *Marcha fúnebre compuesta para un hombre sordo*, de Alphonse Allais, bien podría ser un antecedente de *4' 33"*, pero se trata de una obra más cercana a la pintura que a otra cosa, ya que ni siquiera se encuentran marcados los silencios en el pentagrama. A diferencia de Cage, la *Marcha* no fue compuesta para ser ejecutada.

Allais había pintado ya una serie de obras monocromas. *Primera comunión de jovencitas anémicas en la nieve* de 1883 pareciera adelantarse al cuadrado blanco de Malevich. Pero no puede haber nunca silencio allí, con un título tan figurativo.

En el cero absoluto los átomos se reúnen en un todo de chicle. Digamos que en esa melaza las cosas no se comportan como deberían.

Todos los elementos se congelan menos el helio –el sol lejos del hielo–, que alcanza un estado de la materia llamado superfluidez. La gravedad hace mutis por el foro allí.

A esa temperatura nada vibra, ahí el silencio es verdadero. Por eso no hay forma de registrarlo.

Shoichi Yokoi vivió en una caverna de la isla de

Guam durante veintiocho años. Había leído los panfletos que desde el aire los aviones yanquis tiraban anunciando la rendición de Japón, el fin de la guerra. Es la única inscripción de lenguaje en casi treinta años. La siguiente es la placa de bronce que su madre había hecho labrar en 1955 cuando ya tenía otra certeza. Y es ante esa placa, en el cementerio de Nagoya, donde su cuerpo descansa desde 1987.

La francesa Éliane Radigue, hermosa en cualquier foto, sea del año que sea, es una de las más grandes compositoras de música electrónica. Acaso su obra más delicada sea *Islas resonantes*. Allí al principio se oye un sonido muy profundo avanzar sin pausa; muy de a poco amplía su espectro, se hace más agudo sin perder su gravedad de origen (la imagen es la de un círculo expandiéndose en el agua). A los diez minutos exactos comienza a escucharse la voz de una soprano como si estuviera del otro lado del viento. Los sonidos se apelmazan: se tiene la sensación de que deben murmurar todos los instrumentos del mundo. El efecto new age queda por suerte abortado por el canto marino de esa mujer que se confunde con un sonido que continúa sin pausa.

Muy influenciada por el *Libro tibetano de los muertos*, Radigue abraza el budismo cuando queda devastada por la muerte de su hijo Yves. Compone así su obra maestra *Trilogie de la mort*. Como si avanzara por un espacio lento como el mar de noche, así se desplaza Éliane. Un pez dorado que saca la cabeza fuera del agua en vano: no hay nadie en las islas, ningún fueguito.

Son tan sutiles los cambios tímbricos.

Uno a uno se suman más peces, sin tregua.

Éliane es cardumen, por lo tanto una isla que se desplaza.

Entonces su cabeza descansa dentro y fuera del agua hasta que termina la obra.

Cuando Iori Kishaba regresa al país, lo primero que hace es visitar su propia tumba. No hay flores. Es austera. Solo la placa de su presunta muerte. Kishaba entonces se inclina y llora. Al lado se encuentra la tumba de su madre, que lo sobrevivió quince años. Ahora es él quien sobrevive a su madre.

En su casa paterna encontró unas cuantas cartas que su madre no había podido o querido enviar por miedo a no recibir nunca una respuesta. En una de ellas le cuenta de los hermosos cuervos negros que graznan por la tarde; en otra responde una carta imaginaria de su hijo; en una tercera le da noticias de un nacimiento. Nunca escribió una mala nueva, hay una más con un poema (¿de ella, tal vez?).

Y como si fuera una carrera de postas contra la muerte, Kishaba ha decidido publicarlas. Pero lo hará una vez que muera (un hermano suyo se encargará del asunto). Es su último deseo: darle voz a su madre. Las dos o tres cartas que le habían llegado las perdió en la isla. Las cartas se editan en 1983 en un breve tomo que no circuló mucho, que no se ha reimpreso y del cual no hay quien no quiera un ejemplar hoy. Cuando se leen esas cartas se advierte que la carrera de relevos ha terminado para ellos: madre e hijo descansan juntos. Somos nosotros, los lectores, quienes estamos ahora en una isla.

Por un imprevisto problema de salud de su mujer, el pianista Claudio Arrau no podía sino llegar a Ámsterdam el mismo día del concierto, esto es, bajarse del avión, registrarse en el hotel, cambiarse y de allí al teatro sin siesta reparadora. Su idea era, además, regresar a Nueva York la noche siguiente si el cuadro de su esposa no mejoraba. La fecha no podía posponerse de ningún modo ya que era parte de una serie de festejos oficiales. Su amistad con Bernard Haitink, el director de la Royal Concertgebouw Orchestra, hacía fáciles las cosas. Acordaron que orquesta y pianista ensayarían por separado. No era la primera vez que iban a ejecutar obras de Beethoven. De hecho el año anterior, 1965, habían grabado los conciertos número cuatro y número cinco para Philips Classics. De modo que cada uno por su lado se dedicó a preparar la función.

De acuerdo a cómo evolucionaba su mujer, las interpretaciones de Arrau fueron ganando brillo y color, aunque bastaba que cierta estabilidad se prolongara sin mejora para que su ánimo también se detuviera; entonces, por momentos, sus dedos adquirían cierta autonomía, quiero decir, su cabeza andaba por cualquier parte. Un Beethoven sin ángel era el resultado. Por suerte, un día antes de embarcar, la mujer salió de su dolencia. Le iban a dar el alta el mismo día del concierto. Arrau entonces viajó a Holanda con un buen ánimo muy contagioso.

Los reyes de Holanda asistieron, claro, a la presentación.

El concierto número cuatro comienza con un solo de piano, el diálogo con la orquesta se produce después de esta breve introducción.

En el concierto número cinco, *Emperador*, es la orquesta la que inicia la obra con un gran acorde al que sigue una serie de breves cadencias antes de que el piano aparezca.

Arrau y Haitink se inclinan ante los aplausos. (Apenas se han cruzado en camarines, un par de palabras sobre la esposa. Ya hablarán largo en gala gastronómica).

Arrau se sienta al piano y observa a Haitink.

Haitink mira la orquesta, da vuelta su cabeza y observa a Arrau.

Arrau está convencido de que el concierto a ejecutar es el quinto, el que comienza con la orquesta.

Haitink ha preparado el concierto número cuatro, el que inicia el piano.

Los músicos sostienen su mirada. Hay al principio una sonrisa compartida.

Desde el 2004 la ballena más triste del mundo es detectada anualmente.

Hiroo Onoda dijo que una vez en el subterráneo de Tokio había cruzado la mirada con alguien que, sentado como él con las manos apoyadas sobre el regazo, lo escrutaba con una sonrisa apenas perceptible. Onoda respondió el gesto y agachó levemente la cabeza. De inmediato entraron mil pasajeros y no se volvieron a ver. Onoda cree que esa persona era Iori Kishaba, o alguien muy parecido a las fotos que de él había visto en los diarios. Nunca más se cruzaron, si es que se cruzaron aquella vez.

Stockhausen da vueltas por el cuarto buscando una explicación. Pero no es razonando como se llega a ciertas cosas. Porque razonar es desplazarse en línea recta, mientras que el cuerpo, ya por instinto, lo hace en círculo. Y en un momento hay que hallar la tangente, ese punto de silencio en que convergen la razón y la sinrazón, e irse por allí. Pero Stockhausen gira tan rápido que no puede verlo aunque haya pasado por allí ya el día anterior, y el día anterior a ese.

Una y otra vez da vueltas sobre lo mismo.

Y su mujer allá en Nueva York con sus hijos.

En 2013 el Rothko amarillento sale otra vez a subasta. Es adquirido vía telefónica por un comprador anónimo. Desde entonces no se sabe más nada de él.

Shoichi Yokoi dijo una vez que en la playa, por la mañana, a media mañana, con un sol lechoso y frío, vio pasar un grupo de delfines.

Bach no indica para qué instrumento compuso *El arte de la fuga*. Lo escribe en cuatro pentagramas diferentes; tampoco aclara en qué orden se deben tocar sus dieciocho contrapuntos. De alguna manera puede decirse que es música sin timbre o, lo que es igual, sin sonido, como si acaso no hiciera falta ejecutarla. Música visual, de algún modo, libre de las impurezas del aire. Algo así ocurre con cierto arte conceptual: su ejecución pareciera desmerecer la idea.

Pero la idea sola no basta.

Cuando un bebé nace tiene la potestad de hablar perfectamente todos los idiomas del mundo. Para él la voz de la madre es pura música de leves alturas dulcísimas. Pero ese sosiego casi monocorde día a día va durmiendo las lenguas que nunca ya podrá hablar perfecto. La voz de la madre deja de ser música, entonces: ya se pueden separar palabras, ya hay sentido, el silencio se retira de a poco para dar luz a los primeros pensamientos. Y así los idiomas muertos se transforman en música casi monocorde, y se los escucha como si se rastreara por la tela una línea de Jackson Pollock.

Frente a la partitura de *El arte de la fuga*, ¿qué sonido suena en la cabeza del músico? Acaso se trata de esa cosa indefinida como lo son las voces con las que leemos personajes de historietas (y la desilusión de escucharlos en un corto).

Los grandes dolores son mudos, escribió Alphonse Allais a propósito de su marcha fúnebre.

Entonces, en un momento, cuando Stockhausen encuentra el punto donde círculo y recta convergen, se vacía de palabras.

Levanta la tapa del piano, toca una sola nota.

El primer sonido de toda su vida, dice que siente.

Vacío y vaciado por dentro.

Ya no importa el dolor ni saber si su mujer regresará o no.

Abre la ventana y le llega el perfume de un naranjo en flor.

En el Mollar, un paraje cerca de Tafí del Valle en Tucumán, el extraordinario músico Miguel Ángel Estrella llega con su piano por segunda vez y comienza a tocar Bach. La gente le dice que está bien, que bueno, pero que toque esa música limpita de la otra vez, la primera vez.

Tocá la limpita.

Miguel Ángel Estrella toca entonces el rondó de Mozart de la primera vez.

Y le pidieron que lo repitiera.

De nuevo.

Y una vez más.

Veintidós veces seguidas tocó el rondó.

Los changos en el cielo con diamantes.

O sea un solo chango todos ahí.

Pero fue por eso, precisamente, por llevar gente al cielo, que Estrella se fue al infierno poquito tiempo después en una cárcel uruguaya, en 1977. Había logrado escapar de la Argentina por un pelo. El coronel que dirigía los interrogatorios le decía: "Vos no sos guerrillero, pero sos algo peor: con tu piano y tu sonrisa te metés a la negrada en el bolsillo y les hacés creer a los negros que pueden escuchar Beethoven".

Entonces las torturas van dirigidas hacia las manos. Y simulacros de amputación con sierra eléctrica.

Tortura sin sentido práctico. No busca confesión.

La presión internacional, desde Yehudi Menuhin hasta la reina de Inglaterra, logró que entrara un piano a la cárcel.

Pero los militares desarticularon los martillos. El piano no sonaba. Mudo.

Un instrumento de tortura que no deja marcas y destruye el cerebro.

En la celda los sonidos son ensordecedores. Miguel Ángel Estrella logra identificar veintidós timbres de voz distintos, la misma cantidad de veces que tocó el rondó de Mozart.

"Oía a una mujer a la que estaban picaneando, violando o torturando, y por los gritos de sufrimiento, mi otro yo me decía: 'Esta es contralto'. O 'Este es soprano', 'Aquel es tenor', 'El de al lado, barítono'".

Pero también, en medio de la tortura, sus propios gritos desaparecían. En un oído escuchaba la voz de su mujer diciéndole que no estaba solo; en la otra, su maestra Nadia Boulanger le pedía que aguantara.

En un pabellón de presos políticos en Devoto, donde encierran militantes de a uno o dos sin nada a qué aferrarse, es decir, cartas, libros, algún tipo de recuerdo de afuera, lo que sea que acompañe un encierro sin colores de veinticuatro horas y detenga la deriva mental, se escucha un coro que llega de los otros pabellones (una voz solitaria no alcanza a atravesar las galerías). Cantan canciones folklóricas y algunas de moda, de la Joven Guardia, acaso.

Elba es una prisionera, una negra hermosa de Tigre, una de las pocas que tiene a su compañero encerrado en la misma cárcel. Lo ama con locura y canta muy muy bien. Un día hizo una suerte de corneta con un papel para poder dirigir la voz derecho al oído de su compañero.

Nostalgias cantó.

Y se hizo un silencio de vísperas que incluyó a los guardias.

Con el objeto de conseguir un código inviolable la Armada norteamericana resuelve llevar a cabo una idea propia de una novela de aventuras: utilizar el lenguaje de los indios navajos en la guerra del Pacífico. Al principio reinaba el escepticismo porque los navajos no tenían términos militares en su idioma. Y además se trataba de indios, claro. Finalmente fueron reclutados en total cuatrocientos veinte navajos.

El código nunca se puso por escrito.

En el campo de batalla los mismos yanquis confundían a sus indios con los japoneses debido a la similitud de rasgos, por eso muchas veces debían desplazarse con guardaespaldas. Los japoneses nunca supieron descifrar los sonidos sibilantes que cazaban con sus radios; se los ha comparado con el llamado a la oración de los monjes tibetanos.

Declaraciones del abogado de Estrella en una conferencia celebrada en París en 1978: "Miguel Ángel se está volviendo loco, pues solo puede estudiar en un piano mudo, verdadero instrumento de tortura. No puede realizar la sincronización entre los movimientos de los dedos, la audición y la concepción cerebral. Es el propio testigo, impotente, de la desorganización total de su sistema cerebral".

Hubo un prisionero del campo de concentración de Bergen-Belsen que escuchaba con muchísima atención lo que otro prisionero tuviera para decir en las dos horas que estaba permitido hablar. Y cuando abría la boca era para preguntar por detalles insignificantes de sus historias familiares, que siempre eran maravillosas. Nunca se supo cuál fue su suerte, como tampoco nadie recordaba su nombre, si es que lo había dicho alguna vez. Los pocos sobrevivientes que hablaron de él no pudieron reconocer ningún rasgo particular. Era igual a todos nosotros. Solo que callado.

Estrella sale de la cárcel, y mucho tiempo después regresa a Tafí del Valle, al Mollar. La gente lo recibe bailando de veras. Bailando, sin música.

Una mujer se le acerca.

Por favor, le pide, tocá la música limpita.

Muchos de los espectadores que asistieron al estreno de *4' 33"* no pudieron evitar comentarios de risueña indignación. Cada tanto alguno se quedaba callado, pensativo.

Durante el estreno John Cage estuvo alerta a los sonidos: "Podías oír el viento golpeando fuera durante el primer movimiento. Durante el segundo, gotas de lluvia comenzaron a golpetear sobre el techo, y durante el tercero la propia gente hacía todo tipo de sonidos interesantes a medida que hablaban o salían", declaró.

David Tudor nunca dijo qué se le pasó por la cabeza durante la ejecución.

Una interpretación solemne de esa obra puede verse en un video de Bill Marx, hijo de Harpo, el mudo de los hermanos Marx.

En abril de 1945 los aliados bombardean la ciudad alemana de Halberstadt. Muchos son los que encuentran refugio en una pequeña iglesia románica construida en el 1050 y que luego de albergar a monjes trapenses por seiscientos años fue granero, destilería de licores, depósito, criadero de cerdos. El silbido de las bombas al caer quedará alojado en el oído intacto de unos cuantos niños acurrucados bajo un arco de medio punto. Sesenta años más tarde, bajo el mismo arco, dos de ellos observan cómo un músico coloca tres bolsitas de arena sobre las teclas de un órgano que, por el momento, tiene cinco tubos. El sonido se mantendrá hasta que alguien las quite, claro. No saben cuál es el acorde que comienza a sonar pero sí saben que a partir de ese instante los aviones de la noche ya no regresarán más.

Arena navaja.
Arena de Sherezade.
En 1985 John Cage compuso la obra *aslsp* en la que indicaba que debía ejecutarse lo más lento que se pudiera (de allí su título en inglés: *As SLow aS Possible*).

Dos años más tarde realizó la transcripción para órgano. Ocho páginas de partitura.

Gerd Zacher hizo una versión de veintinueve

minutos. Las instrucciones de Cage, que se encontraba en el auditorio, fueron que debía ser interpretada como "una mañana suave" y que en el final "debía desaparecer".

Años más tarde un congreso de músicos, teólogos y filósofos concluyó que el mayor tiempo posible es el de la vida útil de un órgano o hasta que la armonía de una sociedad lo permita.

Y para esta nueva ejecución se eligió a la ciudad de Halberstadt porque allí, en 1361, se construyó el primer órgano moderno, es decir, con doce notas por octavas (el espacio musical se abre antes que el de la pintura).

El concierto comenzó en septiembre del 2001, seis días después caían las Torres Gemelas. Se extenderá por seiscientos treinta y nueve años, siete más de lo que demoró en construirse la catedral de Colonia.

Cada movimiento durará setenta y un años.

Como en la *Quinta sinfonía* de Beethoven, la primera nota de *aslsp* es un silencio.

Diecisiete meses hubo de aguardarse hasta sentir el primer sonido. La iglesia permanecía abierta por si alguien quería habitar en vísperas.

Hay celebraciones cada vez que se cambia de acorde. Al momento de escribir esta página el próximo cambio ocurrirá el 5 de septiembre del 2020.

Una vez que llegamos a la playa el sonido del mar demora unos diez minutos en desaparecer. Después solo se lo encuentra en los caracoles. Lo mismo ocurre cuando entramos a la iglesia de Halberstadt. Los únicos que siempre escuchan la música del órgano son esos dos niños refugiados que, cuando cumplan ochenta años, serán los encargados de mover las bolsitas de arena para cambiar el acorde. O renovar el silencio.

Desde hace más de mil años las madres cantan a sus hijos *Estaba la blanca paloma sentada en un verde limón*. Así todos los días, desde el Cid Campeador por lo menos.

En la obra de Mark Applebaum, *Tlön (para tres directores sin músicos)*, los directores en cuestión comienzan a realizar gestos semejantes a los de esos marineros que mandan señales con banderas para luego tomar las batutas y dirigir cada uno su propia orquesta invisible. La partitura es la misma, claro, pero se advierte que cada uno ha definido por su cuenta tempo y carácter. Cerca del final los conductores se miran por primera vez, la batuta se queda quieta y la mano izquierda, abierta, da unas últimas indicaciones lentas, muy dulces.

El poeta Hugo Mujica contó una vez que caminando por el bosque que rodea el monasterio trapense donde estuvo tres años sin hablar se cruzó con un monje viejo. Atardecía y era otoño adentro. Los dos monjes se desplazaban con las manos entrecruzadas por delante, lentos. Mujica levantó la cabeza y saludó con un gesto dulce. El viejo lo miró con la transparencia de quien distingue sabores en el agua pura.

—Estamos poniéndole mucha sal a la comida —dijo en alegre advertencia.

Mujica abrió la boca sorprendido.

El viejo la cerró y le guiñó un ojo.

Mucho tiempo tardó Mujica en darse cuenta de que el monje no había infringido ninguna regla.

Así como podemos aprender de memoria la música instrumental, es casi imposible saberse de memoria un cuadro abstracto. Recordamos lo sucesivo, no lo simultáneo. Podemos seguir los trazos de color que se recortan más nítidos, son algo así como la melodía de la obra. Es tan difícil como saber hacia dónde dará el siguiente paso un niño que corre.

(Los niños escuchan música para poder dormirse.)

Nada resta por aprender cuando se logra eso.

Rothko es un gran nombre para una banda de rock.

Glenn Gould: "Uno no toca el piano con los dedos, el piano se toca con la mente".

La ciudad de Halberstadt alberga un museo ornitológico que cuenta con una colección de unos veinte mil pájaros embalsamados.

Recordamos la totalidad del rostro de alguien, pero no podemos aislar un fragmento, la forma de un ojo por ejemplo, salvo, claro, de aquellos con quienes convivimos, es decir, con los que nos podemos comunicar sin palabras.

No hay animales.

Hay una fuerza, o como quiera llamársela, que no aumenta ni disminuye nunca.

Toda la potencia de todos los animales del mundo es exactamente la misma que la de la primera célula viva.

No hay más que eso. No hay materia nueva creada después del Big Bang.

Y esa fuerza cobra la forma de una jirafa o una medusa, se fagocita, se recrea, huye de sí, se extraña, es una boca que quiere morderse. Todo le duele y lo goza a la vez.

Con la música pasa algo semejante.

Tampoco hay plantas.

Los pasos del monje
El agua que cae sobre los platos sucios
Campanas
Un cuervo
Las páginas del libro dadas vuelta
El viento
Una silla que cruje
El martillo a lo lejos
El vaso que se apoya en la mesa
Un rastrillo dibuja un espiral en el jardín de arena
Un pájaro apenas
Un cuervo
Un fósforo
Tos
Una sierra
Alguien sopla
De pronto la lluvia
Pasos en el pasillo
Un cuervo
Un vaso se apoya
El olor a humedad
Un limonero
Serruchos
Una cortina se corre
Todo ese silencio se escucha en la abadía

Esa pequeña depresión que se alza por encima del labio superior y de la cual nadie sabe muy bien el nombre porque es inútil y no se daña se llama "filtrum". Se forma cuando al embrión se le desarrollan los arcos branquiales, es decir, cuando éramos peces; casi al mismo tiempo comienza a formarse el oído.

Una leyenda hebrea cuenta que antes de nacer no hay nada que no sepamos, pero un ángel nos apoya su dedo índice entre los labios para que callemos y olvidemos. Así es como se forma el filtrum.

Solo los que nacen sin ombligo, como Adán, nacen sin filtrum, por eso Adán no calla y a todo pone nombre.

Eso sí, no hay música en el paraíso.

EL ÓRGANO GIGANTE

DE LA CIUDAD DE HIMMELHEIM

La construcción del órgano más grande del mundo
—en verdad se trata del instrumento más grande de
todos los tiempos— comenzó en octubre de 1737 y
fue al principio una visión un tanto borrosa del barón
Gustav von Leyendecker, en cuyas tierras, a los pies de
los Alpes y no muy lejos de Salzburgo, se encontraba
la pequeña ciudad de Himmelheim. El órgano fue
inaugurado quince años más tarde en ocasión de la fiesta
del patrono de la ciudad. La idea original del barón era
la de emplazar un gran instrumento que pudiera sonar
con mucho más volumen y color que una orquesta
sinfónica, si es que tal cosa era posible; al mismo
tiempo su ejecución debía implicar la participación de
todos los hombres de la villa: una verdadera comunión
de almas por lo que, sin duda, encontraría en el obispo
de Salzburgo un aliado a la hora de solventar gastos.
Si la imagen se le hubiera presentado en sueños, acaso
hubiera sido más claro para todos, en especial para
gentilhombres y arquitectos, carpinteros y artesanos
a los que había convocado un día para contarles del
proyecto. Gustav von Leyendecker les habló de una
máquina llena de manivelas, pedales, ruedas dentadas,

rampas, clavijas. Luego dijo algo acerca del sonido. Dijo que no podía ser homogéneo en forma constante sino que, de acuerdo a las instrucciones y a ciertos delicados dispositivos para los que no encontró ninguna palabra adecuada, a veces debía imponerse un sonido de viento y a veces uno de cuerda; a ninguno de los oyentes se le presentó otra idea que no fuera la de una demencial cajita de música de timbre errante. Más tarde especificó que un director general daría las órdenes subido en lo alto de una pequeña torre de unos veinte metros y que al menos cuatro subdirectores se ubicarían en diversos peldaños. Bastaba que solo estos hombres supieran música, el resto debía obedecer las instrucciones, nada más. El barón ni siquiera fue capaz de esbozar algún dibujo coherente en un papel, por lo que todos entendieron más bien poco y nada. Pero el entusiasmo no menguó a medida que avanzaba la mañana sino que en el esfuerzo por aclarar las cosas fueron desapareciendo manivelas y andamiajes, y los complicados mecanismos dieron lugar a tubos, fuelles y teclados de modo que el postre del asunto resultó un órgano de colosales dimensiones. Y allí sí todos se entusiasmaron.

Como la carne de ciervo, hay ideas que funcionan mejor en la literatura que en la gastronomía.

Se tardó casi quince años en construirlo y no hubo quien no haya querido participar en su factura aunque más no sea ajustando algún tornillo. Emblema y orgullo de la ciudad, eso iba a ser el órgano y nadie quería quedar fuera de la faena. Los costos se solventaron con subas de impuestos y un préstamo acaso abusivo por parte de una banca con sede en Viena.

Para que el sonido fuera lo menos opaco posible, la aleación con que se fabricaron los tubos tenía más estaño que plomo. Los más grandes llegaron a medir veinticinco metros y se hicieron cerca de quince mil, contando los de bisel, lengüeta y los llamados tapados que, al tener su extremo superior cubierto, pueden llegar a sonidos muy graves. Siete filas de teclados cuyas piezas se confeccionaron con marfil; las válvulas, los falsos registros y las varillas de registro fueron fabricados con ébano muy caro.

"¡Brillo, brillo!", exclamaba el barón mientras cerraba sus puños y contemplaba día a día el crecimiento de su pirámide.

Es claro que semejante instrumento no podía emplazarse en la modesta iglesia de Himmelheim (ni en la más grande del Imperio, por supuesto), sino que una iglesia debía construirse en torno a él. Eso se vería más adelante. Por lo pronto se había montado una suerte de pérgola monumental para protegerlo de la lluvia y la nieve.

Gentes de otras villas viajaban especialmente a contemplar los avances, a tal punto que llegó a instalarse una pequeña feria los domingos. De alguna manera estaba resultando un muy buen negocio que puso felices a todos.

Pese a los contratiempos lógicos de toda gran empresa, el órgano se terminó sin mayores sobresaltos.

El Kapellmeister de Múnich había compuesto un preludio coral para la inauguración, su coro de la catedral iba a acompañarlo. Pero cuando llegó a Himmelheim y contempló el tamaño del órgano se dio cuenta de su error. El sonido del instrumento se iba a imponer sobre las voces humanas, sin la menor duda. Entonces esa noche, en el banquete que se había organizado, anunció al barón que había decidido cambiar el programa. Propuso ejecutar una serie de preludios y fugas y terminar con una fantasía que le permitiera improvisar y explorar las posibilidades del instrumento. El barón estuvo de acuerdo, después de todo no era él el experto. Los coreutas, para justificar el viaje, cantaron al término de la comida. Una verdadera maravilla sus voces. Muchos de ellos no fueron a dormir más tarde, sino que se dirigieron hacia alguna de las tres tabernas de la ciudad. Al bullicio de la cerveza –todos estaban algo así como exultantes por el concierto de la mañana siguiente– se contraponía el gélido silencio de quienes caminaban hacia las afueras de la ciudad como en peregrinación para contemplar el órgano esa noche. El buen tiempo había permitido desmontar la pérgola por la tarde de modo que la luz de una luna casi llena ascendía por los tubos hasta perderse de vista. Entonces el órgano daba la impresión de llegar verdaderamente al cielo. Y no faltó quien se arrodillara y se persignara.

Hacía mucho frío al otro día. Ya desde temprano la gente fue llegando al lugar. Tomaban café y comían panes calientes que obsequiaban los lacayos del barón. A media mañana no quedaba nadie en Himmelheim que no estuviera en el concierto. En un festín para ladrones se había convertido la ciudad, pero los ladrones también estaban allí, comiendo panes y tomando café.

A la hora indicada el barón pronunció un discurso muy emotivo.

Y todos aplaudieron conmovidos.

Y el obispo bendijo el órgano (gotas de agua bendita salpicaron el teclado).

Entonces llegó el Kapellmeister de Múnich. Hizo una reverencia a las autoridades y un chambelán le corrió la silla para que tomara asiento. Se hizo un silencio de árbol. Si el sol hubiera dado de lleno en los tubos, muchos habrían quedado enceguecidos.

Pese a que el órgano había sido probado sobre principios del otoño anterior y su timbre y volumen habían dejado a todos sin palabras, nadie estaba preparado para escuchar lo que vendría.

El Kapellmeister ejecutó un acorde de La menor.

Y luego uno de Si menor.

Y el sonido no solo parecía salir del instrumento y

llegar de todas partes a la vez sino que retumbaba en el pecho como si alguien sacudiera desde dentro. Vibraba la gente.

El sonido inundó absolutamente todo. Y rebotó en las montañas. Y al órgano se añadió entonces su réplica alpina.

"¡Brillo, brillo!" El Barón con los puños cerrados y los ojos como manzanas.

Un rumor muy grave vino de las montañas. No se trataba de ningún eco sino de un alud monstruoso.

Corrieron todos, todos lo que pudieron.

La nieve sepultó el órgano de Himmelheim.

Y la pequeña ciudad de Himmelheim.

Durante días las nubes taparon el sol y el frío cumplió con su contrato de invierno. La nieve no comenzó a derretirse sino casi una semana más tarde cuando ya no paseaban curiosos de aldeas vecinas. Primero se derritió la nieve alojada dentro de los tubos, pero no la que presionaba el teclado. Entonces el órgano comenzó su lenta euforia. Y a medida que se despejaba el interior de los tubos crecía el volumen y esplendor. A veces nevaba y algunos tubos volvían a cerrarse.

Caía música del cielo.

Al principio solo podía verse, y con alguna dificultad, la parte superior de los tubos más grandes.

La gente de Himmelheim se había refugiado en las aldeas vecinas (y al parecer el barón encontró consuelo en un palacete de Viena).

Con mucho temor se acercaban a escuchar un himno sin melodía. Cuando el sol liberaba algunos tubos y el sonido crecía, el miedo a otro alud los alejaba del lugar.

Llegaron días como de primavera, la nieve del teclado se derritió y el órgano calló para siempre.

De Salzburgo ordenaron desarmarlo: una gran nevada sobre el teclado podía convertirlo en un hacedor de avalanchas. Artesanos desmontaron pieza por pieza y se llevaron todo lo que aún podía ser útil. Los tubos se fundieron y se fabricaron espadas y floretes.

Con los años, donde se encontraba la pequeña ciudad de Himmelheim, creció un modesto bosquecito; los nobles solían cazar algún ciervo de carne roja allí.

GUERRAS

El teatro se encuentra repleto, no se ha cobrado entrada sencillamente porque nadie tiene dinero para pagarla como tampoco nadie tiene nada en los bolsillos que sirva para el más mínimo trapicheo; miren, días atrás la oboísta Ksenia Matus mandó a reparar su instrumento para el primero de los tres ensayos. Solo tráigame un gatito, respondió el luthier cuando concertaban alguna forma de pago, prefiero esa carne a los pollos. Allí en el teatro está la plana mayor del Ejército y la plana mayor del Partido, las autoridades de la ciudad y los que, vaya uno a saber cómo, se hicieron de su butaca. Los músicos llevan sus fracs rellenos de diarios no con el objeto de soportar el frío, que ya había matado a unos miles el invierno que pasó, sino para rellenar lo que sus famélicos cuerpos no pueden. El resto, fuera de las planas mayores, se ha puesto lo mejor que ha conseguido y eso puede ser cualquier cosa —ya se han visto en invierno hombres recios con tapados de mujer o con montañas de ropa de cualquier color encima. El director se llama Karl Eliasberg y sube al podio en harapos. Antes del estreno han muerto de hambre tres músicos. Es verano y hay nubes, los que no tienen radio pueden abandonar sus casas y salir a escuchar el concierto a la calle: se han colocado altoparlantes en las esquinas. El verano tiene un hedor insoportable, es que no siempre pueden recogerse los cuerpos muertos. Se los apila cada tantas cuadras no sin antes requisarlos en busca de cualquier cosa, lo que sea, todo puede tener valor allí en Leningrado, con los alemanes rodeando la ciudad desde hace casi un año. De la orquesta original solo quedan quince miembros, el resto fue abatido por el hambre, las balas o el frío. Se reclutó lo que se pudo. De hecho, aquellos músicos que se encontraban en el frente de batalla fueron obligados a alistarse en la sinfónica.

El teatro se encuentra repleto. No se ha cobrado entrada sino que solo se ha accedido por estricta invitación, y quienes no fueron invitados, sencillamente, no tienen la menor posibilidad de pagar ni de ofrecer nada a cambio, salvo su lealtad incondicional a una causa que los organizadores del concierto y los músicos saben perdida porque el programa incluye la quinta sinfonía de Bruckner, clave y contraseña de que ya nada queda por defender. A la salida se les ofrece a los asistentes, sin costo alguno, claro, una pastilla de cianuro. La orquesta luce impecable con sus trajes, de hecho todo luce impecable. Solo se han suicidado tres músicos. Un fagot, un contrabajo y un violín. Todos allí habitan un estado de seguridad que únicamente un triunfo tan inesperado como imposible puede llegar a quebrar. En las calles, la gente revuelve escombros en busca de lo que fuera. Albert Speer ha ordenado el reintegro por unas horas del suministro de luz en Berlín para que la filarmónica de la ciudad pueda ejecutar un programa que incluye además de Bruckner, el concierto para violín de Beethoven y el final de *El crepúsculo de los dioses* de Wagner, la escena de la inmolación de Brunilda. Afuera del teatro, las mujeres saben que serán violadas en muy pocos días. Los rusos están solo a cincuenta kilómetros y son cerca de un millón, solo hay que enamorar a uno de alto rango para que las defienda del resto, y ni aun así se sabe.

Shostakovich comienza la composición de su séptima sinfonía en Leningrado. Quiere alistarse para combatir pero el Partido lo considera demasiado valioso, solo permiten que se desempeñe como bombero, y así se lo verá en la tapa de la revista *Times* en 1942 cuando su sinfonía cruce el Atlántico en microfilm y la dirija Toscanini en Nueva York; finalmente en diciembre las autoridades lo obligan a huir de la ciudad junto a su familia rumbo a Moscú.

Los alemanes optaron por no atacar Leningrado —no están dispuestos a sostener una ciudad con tres millones de habitantes en caso de triunfar— sino, mucho mejor, por rodearla y dejar que la naturaleza haga lo que bien sabe. Y hay algo así como un descenso cuando nada nos separa de ella. Al principio los adultos comienzan a tener conductas adolescentes, luego de niños, más tarde de dioses, hasta llegar al año de edad, cuando caminar y trastabillar eran la misma cosa. Entonces todos resultan ser uno allí. Pero no todos somos iguales frente al hambre y al frío; son los que resisten al imperio de la biología los que finalmente nos salvan.

Hay gritos que no parecen humanos, allí en la noche de Leningrado, hay gritos que no son humanos en las noches que hoy rodean Berlín aguardando que el tiempo les dé su turno: se escuchan como tormenta en sordina los alaridos que llegan del porvenir. En no más de cuatro días a los rusos los tienen en la Puerta de Brandenburgo. Tres millones de bebés en busca de su canción de cuna, de algo para el estómago, de un cuento que acabe por dormirlos y no pensar en esos cadáveres acarreados en la calle a los que les habían cortado las nalgas para poder llevar algo al estómago. La nieve acalla todo sonido. La muerte toma del silencio su espesura en el invierno en

Leningrado, silencio capaz de afilar navajas en la noche de Berlín.

En marzo de 1942 se estrena en Samara, la capital provisoria de Rusia, por si Moscú llega a caer, la *Séptima sinfonía*. Estamos a mil setecientos kilómetros al sur de Leningrado, a salvo de todo, y la va a ejecutar la orquesta del Teatro Bolshoi, dirigida por Samuil Samosud. La sinfonía empieza triunfante desde el vamos, como si estuviera terminando, una suerte de conjuro parecido al de la hinchada cuando corea el gol antes de que el jugador patee un córner. A los dos minutos todo se calma un poco, una flauta traversa pone las cosas en su lugar, como si reclamara un poco de paciencia. En un momento se escucha un motivo un tanto pavote que parafrasea el aria "Yo me voy a Maxim" de la opereta *La viuda alegre*, una de las favoritas de Hitler. Se trata de una marcha, el redoblante marca el paso y, a la manera del *Bolero* de Ravel, a medida que se repite el tema aumenta la intensidad. A esta sección se la llama *tema de la invasión*. El clímax es intenso y muy grave. Realismo socialista a punto caramelo; las autoridades entonces no exigen ninguna explicación como cada tanto pedían al compositor, siempre con un pie en Siberia luego de la decadente y muy burguesa ópera *Lady Macbeth*. Los músicos son imprescindibles cuando la muerte acecha, no es fácil ni conveniente dejarlos de lado. Y si no lo creen, miren en los *Lager*: en cada barraca siempre alguien sabe cantar, siempre hay algún músico que trae de vuelta a casa a los prisioneros. Así le sucedió a un judío de nombre Svetliza, quien, antes de entrar en ese estado de delirio en bucle perpetuo llamado Auschwitz, había sido un reconocido empresario teatral de Viena. Svetliza había quedado muy emocionado cuando otro prisionero entonó un aria de ópera bastante conocida una noche de lluvia tremenda en la barraca. Le preguntó entonces a ese hombre si conocía otras arias. El prisionero dijo que no, con la excepción previsible de la melodía de *O sole mio*. Cantaba bastante bien, cantaba canciones populares de melodía fácil. Había trabajado en cabarets y, según dijo una noche, había grabado un disco que nadie allí en el campo parecía recordar. Se llamaba Gleszer. Svetliza le pidió si podía repetir esa aria que pronunciaba con fonética dura aprendida de ojito. Por supuesto, dijo el hombre, a cambio de pan canto cualquier cosa. Nadie tiene nada a esa altura de la noche en un *Lager* pero Svetliza prometió darle parte de su ración al otro día si cantaba de nuevo la canción. El hombre no afloja. Sin pan no hay música. Svetliza entiende que es mejor así: ya tiene un motivo para vivir mañana.

En el largo viaje en tren que lo conducía a un campo de prisioneros de guerra en Silesia, Olivier Messiaen entabla amistad con un clarinetista llamado Henri Akoka. Resignados a la incertidumbre se ponen a discutir sobre ciertos aspectos de la música. Hablan de ritmos y del tempo. Ritmos del Indostán y de Grecia antigua. El vagón del tren se transforma en una caja de resonancia. Una muy fría madrugada el horror del campo se disuelve de improviso en las alturas. Hay una cortina verde y violeta en el cielo que se enrosca y despliega ante el asombro del compositor. Lo más notable es que la aurora boreal quiebra el silencio de la nieve, pero en sentido literal: Messiaen es capaz de escucharla como había escuchado con claridad definitiva la música que llegaba del sol y atravesaba los vitrales de la Sainte-Chapelle cuando era chico allá en París. Una aurora boreal de vidrio en este caso. Su sinestesia era, por decirlo de algún modo, completa: la música le hacía ver colores y los colores, música. Lo cierto es que esa madrugada helada de colores derramados esboza, acaso como un todo, una de las principales composiciones del siglo XX: *El cuarteto para el fin de los tiempos.*

"He visto un ángel pletórico de energía, descendiendo del cielo, revestido de nubosidades, con un arco iris sobre la cabeza. Su cara era como el sol, sus pies como palomas de fuego". Esa es la cita del Apocalipsis según San Juan que Messiaen escribe como epígrafe en la partitura del *Cuarteto.*

En el campo conoció a Carl-Albert Brüll, un guardia que había sido abogado antes de la guerra y que odiaba el régimen nazi. El guardia le consiguió papel y lápiz y se las arregló para que Messiaen tuviera alguna clase de tranquilidad para componer. Lo exceptuó de ciertas rutinas. El cuarteto fue escrito en las letrinas del campo. Clarinete —que ejecutará su amigo el día del estreno ante cuatrocientos prisioneros asombrados, agradecidos y perplejos—, piano, violín y cello. Una combinación de timbres para nada usual en la música de cámara. En verdad, nada es muy usual en la obra, como tampoco que los dejaran ensayar y que los oficiales del campo estuvieran presentes en primera fila la noche del estreno bajo un frío pánico. Y que aplaudieran. Eso sucedió en enero de 1941.

Messiaen: Los cuatro músicos tocábamos con instrumentos rotos… las teclas de mi piano vertical permanecían bajas cuando las presionaba… En este piano toqué mi cuarteto con mis tres compañeros músicos y vestidos de la forma más extraña: totalmente andrajosos y con zuecos de madera lo suficientemente grandes para que la sangre pudiera circular a pesar de la nieve que había debajo de los pies.

Akoka: El público, según recuerdo, estaba abrumado. La gente se preguntaba qué había pasado. Todos…

nosotros también. Nos preguntábamos: ¿Qué estamos haciendo? ¿Qué estamos tocando?

La única concesión que hace el cuarteto para oídos no entrenados acaso sea la última parte, llamada "Alabanza a la inmortalidad de Jesús". Se trata de un dúo de violín y piano que conforme avanza se hace más lento y agudo y va perdiendo volumen. Un ascenso casi infinito. Los ojos se cierran a medida que el oído se abre para captar las últimas notas de un pájaro que se ha alejado hacia la noche profunda.

En la absurda instrucción militar previa al desembarco en Malvinas practicábamos desfile al son de marchas patrias. Un día la banda ejecutó un par de temas para distender a los soldados, acaso habíamos desfilado bien. Creo que tocaron "La cumparsita" y algo más antes de despachar "Cuando los santos vienen marchando". Hay un contrasentido en que una banda militar toque jazz, una imposibilidad que se aloja en cada compás porque una banda militar no respira el instrumento sino que lo sopla, como si la promesa de libertad de cierta música le quitara el aire y la hiciera boquear. Pongamos entonces que la banda toca jazz. De improviso un soldado, Zapata, se transforma. Comienza a bailar de manera muy graciosa en el lugar, como si caminara sin moverse; las caras que ponía, de un asombro juguetón, eran para morirse. Los mismos oficiales lo dejaron hacer. Y allí todos reímos. Zapata fue el héroe ese día de marzo de 1982.

En el palacio real de Madrid se encuentra alojado el así llamado *cuarteto palatino*. Se trata de dos violines, una viola y un violoncello construidos por Stradivarius entre 1696 y 1709.

El mismo día en que la batalla del Ebro resuelve el destino de la guerra civil española el gobierno republicano de Madrid saca por primera vez los Stradivarius fuera del palacio real y ofrece un concierto nocturno desde los estudios de la Delegación de Propaganda y Prensa y lo transmite por radio para todo el país.

El ejército franquista bombardea Madrid desde Casa de Campo, como un peso pesado seguro del nocaut. Cada tanto una trompada bien puesta que sacude lo que ya casi no puede mantenerse en pie. Pero, en la noche de septiembre de 1938, las cuerdas han abandonado el palacio. Y lo que para unos es un réquiem es para otros jubileo. En todos los rincones de España. A los cuatro instrumentos se le añaden otro violín y un piano. Se escucha a Schubert, a Bach, a Rolla.

Y sin que nadie lo persiga, porque al parecer ni republicano ni franquista era y nunca se había jugado por nada, el violista Pedro Meroño, una vez terminado el concierto, entrega el instrumento como quien devuelve el bebé a su madre, saluda al resto de los músicos con un fuerte apretón de manos y gana la calle. Apenas da vuelta a la esquina se lanza a correr. Primero, un trote manso, luego, con los pulmones acostumbrados al aire raudo, apresura el paso cada vez más. "Quién es este loco", pregunta un hombre que ha salido a la calle después de escuchar el concierto; acaso otros lo hayan visto pasar desde las ventanas. Un haz sospechoso, así ante la vista de quienes se han asomado. Corre un par de calles sin que nadie lo persiga. Nadie. Se detiene. Se lleva las manos a las rodillas, pierde la vista en el suelo y rompe a llorar. Ladra un perro lejos, como siempre a esa hora en cualquier ciudad del mundo.

A cambio de qué me vas a dejar un poco más, acá en esta habitación, escuchando estos casetes de música que afloja el pecho para que el llanto brote solitario. Son cinco minutos por soldado, se habían puesto de acuerdo allí en las Malvinas unos pibes de dieciocho años que no hacía ni seis meses habían ido de viaje de fin de curso a Carlos Paz, a Bariloche. A cambio de qué, cuánto vale un minuto de llanto en esas islas de mierda. No había mucho para elegir allí pero todo servía para volver a casa, a la escuela, al potrero.

¿Se encontraba Zapata en esa fila? Nunca oí hablar de él después de la guerra.

No había nada con qué pagar la entrada al concierto en Leningrado.

Y en Berlín ya nadie canta, como nadie quiere pronunciar la palabra *rusos*.

De un caballo podrido aún puede salvarse el anca, observa uno de los músicos que se dirige al ensayo. Aún no se han visto escenas de canibalismo. Ayer el trompetista no tenía aire para tocar, anota el director.

Respecto del primer movimiento de la séptima, Shostakovich declara muchos años después: "El tema de la invasión no tiene nada que ver con el ataque. Pensaba en otros enemigos de la humanidad cuando compuse este tema. No tengo nada en contra de denominar a la séptima sinfonía "Leningrado", pero no se trata del Leningrado asediado, se trata del Leningrado que Stalin ha destruido; Hitler no ha hecho más que acabar su obra".

En uno de los bolsillos Svetliza guarda un poco de pan para la noche. A medida que pasa el día ese trozo pesa cada vez más, a razón de mil kilos por hora (el cuerpo se vuelve ocre en ese punto) y, cuando lo entrega esa noche y ve cómo desaparece en una nada sin disfrute en la boca de Gleszer, su cuerpo no se alivia sino recién cuando el aria surge del mismo lugar donde se fuera el pan para llevarlo a la Ópera de Viena, y de allí a cenar con su mujer y los artistas delicatessen de agua en boca y, más atrás, llevarlo más atrás en los años, cuando ibas a la escuela, Zapata, y dibujabas como pocos en esos cuadernos forrados azul araña soldados cruzando los Andes mientras Gaby, Fofó y Miliki cantaban *La gallina turuleca* y ya sonaba en la radio sin que vos supieras esa canción de Creedence en un inglés enemigo que ahora te habla de volver a ese baile donde te animaste a un beso, a subirte a los techos de tu casa y también a esa noche celebratoria de una temporada exitosísima donde los billetes se cuentan por peso y el barítono Hans Hotter te abraza con fuerza tras el telón después de esa aria tan luminosa que ahora languidece en la boca de quien reclamará otro bocado si al día siguiente querés regresar a Viena como regresan a Leningrado todos los habitantes de Leningrado cuando la orquesta zombi de trompetas sin aire comience la *Séptima sinfonía* que suena mejor que si la estuviera tocando la Filarmónica de Berlín aun para los alemanes de las afueras de la ciudad que reconocen en esa marcha de los altoparlantes la cancioncita chirle de *La viuda alegre* y se preguntan entonces dónde están y quiénes son los enemigos. Sí, como caballos en trote cansado, algo liviano abandona los cuerpos que escuchan para volver a ese lugar donde no hacen falta canciones ni arias ni orquestas. Golpean la puerta, pasaron ya los cinco minutos del llanto. Habrá que buscar más pan para mañana.

Svetliza entrega esta noche el pan a Gleszer. Ha raspado la corteza, quitado algunas migas, mordido parte de la cola que oculta con la mano. La mordió como si besara por primera vez, con el miedo y el deseo marchando juntos (nunca más eso: o se lo guarda o se lo come y punto). Es una suerte que Gleszer jamás examine el pago, se lo devora en tres rápidos bocados. Svetliza baja la cabeza, no quiere ver la ceremonia de su ayuno en la garganta del otro. El prisionero canta y por alguna razón lo hace con más brío que de costumbre, se esfuerza por pronunciar lo que muy bien no puede. Svetliza alza la cabeza y mira hacia un costado, a la izquierda. Llora lento, sin lágrimas.

En las calles de Leningrado la gente se amontona frente a los altoparlantes. Algunos escuchan por radio, otros se quedan en las casas frente a la ventana: no hay ningún vidrio sano desde hace un año en la ciudad, en invierno se cubren los huecos con lo que se pueda y las casas son cuevas de frío y oscuridad, pero ahora, con la ventana abierta, la música entra y allí se va a quedar, en las paredes enmohecidas y descascaradas, todos los inviernos que haga falta.

El mismo Albert Speer consideró en sus memorias luego de la guerra que incluir *El crepúsculo de los dioses* en la programación fue un gesto melancólico y un tanto patético. Como si el resto de la iconografía, la estética nazi, no lo fuera; esos carros decorados en los desfiles patrios como si el fin del mundo, el Ragnarök, perteneciera al *Popol Vuh* u otro libro sagrado y lejano; jamás pueden ganar una guerra así.

Por alguna razón o por ninguna, porque no hay razones allí en el *Lager* para castigar y matar a nadie, los prisioneros han tenido que estar casi toda la noche formados sin moverse con un frío ruso en cada nervio. A las tres horas ya han caído y muerto media docena de ellos. Svetliza está muy débil, Gleszer le ha exigido por la tarde un pago a cuenta.

Una hora más, tres cuerpos nuevos en la nieve y los guardias desarman las filas sencillamente porque sí. Una vez en las literas, Gleszer se acerca a Svetliza. No me olvido que me has pagado, dice, pero dejémoslo para mañana, por favor. Svetliza concuerda. Nadie tiene fuerzas para nada. El prisionero es un hombre de palabra, respetuoso de las leyes del mercado; a la otra noche entona de nuevo el aria. Svetliza ha comido su pan, es la única vez que la escucha con el estómago ocupado.

Gleszer está sentado en la litera; aguarda a Svetliza. Se impacienta; tiene hambre y quiere su trozo de pan extra. Gira la cabeza hacia el sector donde duerme su mecenas. Nadie se mueve, todos parecen dormir. ¿Hay otros que le han pagado por cantar? No lo sabemos, acaso solo exija un pago por pedidos tan específicos. Se acuesta sin hacerse más preguntas.

Al otro día alguien le avisa que Svetliza está en el hospital. Recibió un culatazo ayer por la tarde, se encuentra muy débil, hay tifus, no sé, cualquier cosa pudo llevarlo allí en verdad.

Tarde advertirá Messiaen una gran omisión en el concierto de su cuarteto. Acaso sea eso, una culpa bien ganada, lo que explicaría por qué, pese a que Brüll lo ayudó a escapar junto a los otros tres músicos (y a muchos más según hoy se sabe), no quiso recibirlo cuando, después de la guerra, fue a visitarlo a París.

Messiaen fue un católico muy místico que aceptaba otras sabidurías acaso más contemplativas. Sin embargo fue incapaz de ponerse siquiera un instante en la piel de los prisioneros y tocar luego de su concierto, o acaso antes, algo que los llevara de nuevo al calor de la buena tierra. Algo que invitara a un tarareo reconocible. A ver esas palmas, Messiaen, a ver esas palmas. Es muy difícil seguir las melodías y el tiempo en semejante vanguardia. Él solo piensa en su música. Y eso suena a la salvación de un solo hombre (aunque no se puede juzgar a nadie que haga esas cosas en un campo de prisioneros). Por eso exagera cuando dijo en una oportunidad que nunca fue escuchado con tanta devoción.

Acaso se haya dado cuenta de su omisión cuando supo la historia de Herbert Zipper, un compositor y director de orquesta que alcanzó a ser liberado del campo de concentración de Dachau antes de que empezara la guerra. Zipper comenzó recitando poemas a los prisioneros. Todos se detenían a escucharlo, había algo de regreso a cierta normalidad al hacerlo, aunque a nadie le hubieran recitado un solo poema en su vida anterior. De esta manera conoce a un poeta, Jura Soyfer, con quien compondrá "Dachau Lied", una canción de ritmo marcial que fue un virus que llegó a todos los campos. Era deliberadamente difícil de aprender porque la idea de Zipper, según dijo una vez, era que los prisioneros hicieran un esfuerzo para elevarse por encima de las circunstancias. Se le había ocurrido ese ardid cuando fue obligado durante días a empujar sin sentido, a la manera de Sísifo, una carga de cemento.

Mantén el paso, camarada. Alza la cabeza, camarada, y piensa siempre en el día en que las campanas de la libertad sonarán.

Zipper conoce en el *Lager* a unos músicos e insta a los que hacían trabajos de carpintería a construir instrumentos con maderas que robaban cuando podían. De este modo forma una orquesta que los domingos por la tarde, cuando muchos guardias tenían franco, tocaban en la letrina del campo. Interpretaban piezas clásicas que todos o la mayoría podía conocer y también algunas obras que Zipper componía especialmente para ellos.

Ha pasado una semana desde la última vez que cantara. Esta tarde los prisioneros han hecho una fila de tres en fondo. Gleszer se encuentra en la segunda. Según ha escuchado, los llevarán a reparar unos techos. Hace más de una hora que esperan vaya a saberse qué. Dos guardias hablan y ríen. Llega un tercero con una hoja. Uno de ellos la lee y señala un punto lejano, otro se encoge de hombros y prolonga su risa. De pronto aparece por delante de ellos, desde la izquierda, un desfile de cuerpos ya casi sin carne y voluntad. Gleszer descubre a Svetliza marchar como puede. Encorvado, renguea, se ha cagado encima. Entonces Gleszer comienza a cantar sin voz, con la boca bien abierta, como si bostezara. Los guardias no advierten su gesto. En ese momento Svetliza alza la cabeza y pareciera que la va a girar hacia el grupo pero no, no, la baja de nuevo, la menea hacia un lado y hacia el otro, afirma y niega a la vez; son movimientos espásticos, así se mueven los ojos en una cabeza recién cortada. Gleszer abre más la boca si es que puede abrirla más y ve a su espalda y por delante que todos allí en las filas cantan sin voz y sin pan esa aria maravillosa; la pronunciación es perfecta porque la cantan desde todos los idiomas del mundo al mismo tiempo; ¿no escucha Svetliza el aria? Gleszer infla su pecho y ahí la cosa cambia: algo que corre le endereza un poco la espalda a su amigo que se acomoda el frac mientras el público ingresa al teatro, otra gala excepcional que terminará, como siempre, con todos entonando el brindis de *La Traviata* entrada la madrugada en el mejor restaurante de Viena. Trastabilla Svetliza por el vino feliz de una noche de gloria, porque el prisionero de atrás balbucea un quejido crudo casi sin vocales y le agarra el pijama para no caerse en el barro. Un guardia se aproxima, Gleszer deja de cantar, todos dejan de cantar al mismo tiempo. Clava la cabeza en el suelo y no ve a Svetliza desaparecer en una boca negra.

Esa noche Gleszer cantó el aria para todos allí en el barracón.

En el final de *El crepúsculo de los dioses*, luego de que Brunilda se inmole, el Rin se haya desbordado, Valhalla se transforme en una pira y todos los dioses sean uno en el fuego, lo que incluye por último a Odín, cuando todo ha sido consumido sin contemplación, se escucha una fanfarria liviana, como si alguien regresara a la tierra tierna muy cansado. Emerge entonces un valle sin dioses, la naturaleza libre de voluntad.

Aplauso seco, estridente, en Berlín, como una lluvia, como un desfile en retirada, al unísono, como un trote que se aleja. Nadie pide un bis. ¿Adónde ir después del concierto?

En Leningrado el final de la sinfonía es acogido en un principio con silencio.

"Y de repente se produjo una tormenta de aplausos", relata Ksenia Matus.

Y una niña lleva flores rojas al director. Fue la única nota de color en un mundo donde no hay hombres, ni dioses, solo niños que esperan que la noche pase (y si hay flores es porque la niebla negra se va a disipar).

Falta hambre aún, y más frío y más muerte. Pero hay flores rojas. Eso es comer con los ojos y saber que de ahí en más cada mañana será un niño.

Y cada noche un vientre.

No se puede perder una guerra sabiendo eso.

LAS HORMIGAS DEL CIELO

El didgeridoo es el nombre occidental de un instrumento de los aborígenes del norte de Australia, una región que ellos llaman Yidaki; consiste en un tronco de eucalipto ahuecado por termitas que, untada su boquilla con cera de abejas, produce un sonido nocturno, de viento negro, algo gordo y lento, indetenible; también se parece a esos primeros teclados electrónicos del rock que hoy suenan viejos de tan modernos que fueron.

En la era del sueño, Bur Buk Boon llevaba leños a su familia porque esa noche hacía mucho frío. Cuando los arrojó al suelo notó que uno de ellos se encontraba ahuecado, y allí, en el interior, había hormigas. Muchísimas. Sopló fuerte para liberarlas. Las hormigas marcharon al cielo y conformaron entonces las estrellas.

Si se pone el didgeridoo al oído puede escucharse a Bur Buk Boon soplar por él.

El sonido de la noche encerrado en un árbol.

Algo así como enjaular un terremoto.

El didgeridoo tiene la particularidad de lograr un sonido circular si se acumula aire en la boca y al mismo tiempo que se sopla se inhala con la nariz, luego se sigue exhalando, se bloquea la glotis y se libera el aire guardado en las mejillas. Parece imposible pero con práctica se logra.

¿Cuándo termina un concierto de este instrumento?

La música es continua, solo la atención no lo es, escribió Thoreau.

La distancia entre los planetas es proporcional a la distancia que guardan las notas musicales entre sí, razonó Pitágoras. Y como los sonidos que emiten al desplazarse no se detienen nunca, jamás podremos escuchar la música de las esferas. Su permanencia nos deja sordos, como el sonido del mar a un pescador. El orden cósmico es un orden musical. Kepler también lo entendió así y lo dejó asentado en su libro *Harmonices Mundi*, de 1619: "El movimiento celeste no es otra cosa que una continua canción para varias voces, para ser percibida por el intelecto, no por el oído; una música que, a través de sus discordantes tensiones, a través de sus síncopas y cadencias, progresa hacia cierta predesignada cadencia para seis voces y, mientras tanto, deja sus marcas en el inmensurable flujo del tiempo". Y agregó que cuanto más rápido era el movimiento, cuanto más cerca del sol estuviera un astro, más aguda sería la nota. Y entonces escribió seis melodías, una para cada planeta.

Las estrellas tienen vibraciones internas que son muy parecidas a un terremoto. Allí se generan ondas de sonido que deforman su superficie. La frecuencia de esas ondas es de alrededor de tres mil hercios; no las podemos escuchar en forma directa ya que no pueden viajar en el vacío, pero con un heliosismógrafo podemos observar cómo deforman su superficie. Tsunamis de fuego en el sol. Se han traducido las frecuencias a sonidos audibles para nosotros. Suenan muy parecido al canto de la ballena más triste del mundo.

Entre 1645 y 1715 las manchas solares desaparecieron del sol. El fenómeno ocasionó una serie de inviernos muy crudos. Abetos, pinos y arces crecieron y se sostuvieron en pie como cosacos. Su madera adquirió de ese modo un temple infrecuente. Por esos mismos años Antonio Stradivari fabrica sus famosos violines y cellos. Los investigadores encuentran que estas circunstancias son claves para comprender su extraordinario sonido. No se agota allí la explicación, claro: otros instrumentos de la misma época no suenan tan bien. Pero de ningún modo puede soslayarse la música que llega del espacio.

Cuando el viento que viene del sol choca con nuestro campo magnético se producen las auroras boreales.

En 1977 la sonda Voyager marcha hacia el espacio con un disco de oro donde se han registrado sonidos de la Tierra, saludos en casi sesenta idiomas y una serie de músicas populares y académicas de un amplio espectro de culturas. En el tercer track se escucha un didgeridoo. Se trata en verdad de dos canciones primitivas de Australia: una se llama "Estrella de la mañana" y la otra "Pájaro del diablo". La primera es sobre un ritual que acompaña el alma del difunto hacia una estrella.

Otro de los cortes del disco es el "Preludio y fuga en Do mayor" del segundo libro de *El clave bien temperado*, interpretado por Glenn Gould.

De acuerdo a los cálculos, en el supuesto caso de que alguna civilización logre escuchar esto, habrán pasado unos cuarenta mil años.

Hace cuarenta mil años ningún hombre había pisado América y había rinocerontes lanudos, megaterios y tigres sable. También música. El instrumento musical más antiguo que conocemos es una pequeña flauta hecha con el fémur de un cisne por el hombre de Neandertal. Fue encontrada en Alemania y tiene unos cuarenta y tres mil años; debe haber otras más antiguas ya que esta parece muy evolucionada.

Nada cuesta imaginar que en su origen la flauta haya sido un trozo de hueso o madera ahuecada por donde instintivamente se sopla. ¿Habrá encontrado alguien un trozo así con un agujero natural en la parte superior? Al apretar el agujero habrá notado cómo cambiaba el sonido. La verdadera revolución es el segundo agujero. Construir una nada.

El mensaje de la sonda Voyager no es para habitantes de otros mundos sino para los del nuestro.

Saber cada tanto que la sonda ha dejado atrás

el cordón de asteroides

los anillos de Saturno

el sistema solar

la heliopausa, donde acaba el viento solar y comienza a llegar el viento de otras estrellas

la Vía Láctea.

Cada vez más lejos

en el espacio y en el tiempo.

Cada tanto los diarios anotician de su distancia y repiten el saludo en todos los idiomas y dicen de la música allá lejos,

a más distancia nuestra

para que estemos más cerca unos de otros.

En un momento el Voyager se topará con la galaxia hecha de hormigas de los indios australianos.

Un hormiguero celeste de hormigas blancas.

Después de un debate con la violenta cordialidad de gente que se conoce desde hace mucho, a los cinco candidatos a intendente de Bahía Blanca se les preguntó por sus preferencias musicales. Fue el único momento de la noche en que todos sonrieron. Eso sucedió en 2015.

La compañía discográfica Emi, dueña de los derechos de los Beatles, no permitió que la canción "Heres Comes the Sun" se sumara a la travesía del Voyager.

En el cerebro de cada hormiga hay una célula ínfima de un cerebro colectivo, que no tiene lugar específico en el espacio pero sí en el tiempo. El hormiguero no es una suma de individuos sino una gran mente que organiza tareas y estructuras para su supervivencia. Ninguna hormiga lamenta la muerte de otra hormiga. Las empresas multinacionales son muy parecidas.

No se sabe cuántas hormigas hay en el mundo, ni cuántos hormigueros; se han hecho cálculos con ojos de mucha generosidad, nada muy serio.

Eso sí, en el cielo hay entre cien mil y trescientos mil trillones de estrellas.

La cantidad de neuronas que hay en un cerebro humano es semejante a la de estrellas en una galaxia, esto es entre cien mil y doscientos mil millones.

Nuestro error es buscar inteligencia en otros planetas porque la inteligencia no está en uno sino en la suma de todos los astros.

Las estrellas son las neuronas de las galaxias.

Y las galaxias, cerebros errando en el cosmos mientras cantan canciones que no podemos escuchar.

En el Voyager hay cantos de ballenas.

El disco comienza con una obra de la compositora Laurie Spiegel basada en *Harmonices Mundi* de Kepler. Teclados y coros. Nada del otro mundo, en verdad.

Nuestra galaxia sabe que hemos enviado al espacio un cohete con mensajes, todo hormiguero sabe de la hormiga que se extravía.

La Vía Láctea no se puede comunicar con nosotros porque un cerebro no se comunica con una neurona, ni un hormiguero con una hormiga. Y un planeta ni siquiera llega a ser neurona.

Somos parte de su pensamiento.

Otros mundos pueden encontrar el Voyager y darse cuenta de que somos una hormiguita perdida.

Porque una que no se encuentre perdida no sale a preguntar nada por allí en el espacio.

Sabe del hormiguero.

Lo único que pueden contestarnos es: no manden más cohetes.

Los destruiremos.

¿No habrá pasado cerca de la Tierra un disco semejante alguna vez, una hormiga perdida que no registramos ocupados como estábamos en construir didgeridoos?

Messiaen en los bosques de Francia transcribe a notación musical el canto de los pájaros.

Más de cuarenta mil años nos separan de una partitura que no sabemos leer.

PÁJAROS EXÓTICOS

No deja de ser un alivio que la muerte se haya llevado a Scriabin consigo antes de que lograra terminar su obra *Mysterium*, con la que pensaba destruir el mundo para darle así paso a una nueva humanidad que, al parecer, era la que iba a asistir a un único concierto al pie del Himalaya en una iglesia circular en cuyo centro un espejo de agua traería el cielo allí abajo. La ceremonia iba a ocupar siete días con sus noches. Una performance demencial. Una obra que iba a acabar con todas las obras de arte y abriría las puertas de la percepción definitivamente de par en par porque *Mysterium* era una obra musical que incluía además perfumes, texturas, luces de colores que emergían de un órgano, palabras, coreografías, fuego, miradas, danzas, humo, pilares de incienso, niebla que modificaría los contornos arquitectónicos de la catedral, caricias. Los asistentes en verdad no iban a quedarse quietos. Todos, ataviados de blanco riguroso, debían participar de algún modo: o ejecutando instrumentos o bailando o desfilando en procesión. La misa del fin de los tiempos. La obra crecía en su mente y no en la partitura. Durante doce años, desde 1903 hasta su muerte, la idea como un pájaro carpintero en su cabeza. Solo dejó escrita una suerte de preparación, un preludio llamado "Acción preliminar", que prepararía a músicos y asistentes para la ejecución de *Mysterium*. Una suerte de precalentamiento. En sus papeles y en los diálogos con su mujer y confidente, todo se fue tornando más y más espectacular y por lo tanto incomprensible. La idea era provocar un éxtasis arrollador de todas las formas individuales. El asunto debía comenzar con el repiqueteo de unas campanas que colgarían de las nubes. El entusiasmo de Scriabin aumenta con su delirio: de hecho compra un lote en la India para llevar a cabo su idea. Pero si al *Poema sinfónico para cien metrónomos* de Ligeti deberíamos verlo como una instalación, *Mysterium* es música conceptual o, si se quiere, uno de esos juegos de niños que consiste en enumerar reglas y obstáculos pero que nunca llega a ponerse en práctica; jugar a los soldaditos, por ejemplo, no era otra cosa que preparar escenografías, acomodar ejércitos con entusiasmo, planificar desplazamientos, pero jamás de los jamases entrar en acción, así como tampoco elucidar algún método que indicara quién era el ganador de un juego cuyo destino era ser interrumpido por la merienda, el timbre de calle, cualquier cosa. Es que a veces se presenta en bruto y sin talla lo que puede desarrollarse de mil modos; hay algo anterior a una historia que solo parece tener sentido si se desplaza hacia todas sus posibilidades al mismo tiempo. Así ocurre con los dos únicos sobrevivientes que, terminada la Segunda Guerra, sabían dónde estaban ocultas las tres partes en que se había dividido la partitura original de la *Novena sinfonía* de Beethoven para protegerla de bombas y saqueos. Ambos ignoraban la suerte del otro; un fragmento del manuscrito quedó del lado de Berlín controlado por los rusos, las otras dos del lado norteamericano; o la historia de Bill Millin, gaitero personal de Lord Lovat, un excéntrico y acaso genial comandante escocés que desembarcó en Normandía ("Esta es la batalla más grande de la historia y quiero gaitas sonando en ella."), y al que los alemanes no dispararon para no gastar balas en un demente. ¿No son verdaderos gatos de Schrödinger, ni muertos ni vivos hasta que no nos ocupamos de ellos, la tristeza de María Sabina, la mujer chamán de Oaxaca a la que le robaron los cantos para grabarlos en un disco? ¿No es un gato en estado de veremos su desesperada sorpresa al escucharse a sí misma? O la historia de Jimmie Nicol, el hombre que en 1964 fue Beatle por diez días al reemplazar a Ringo en una gira (hay algo de castigo de dios olímpico ahí). ¿Cuántas campanas cuelgan de las nubes en el cielo de Bayreuth o en los mismísimos conciertos para campanarios del catalán Llorenç Barber? Un mármol previo al cincel es la *Décima sinfonía de Beethoven* compuesta por Leandro Monasterio al superponer las nueve anteriores en una sopa muy espesa donde es posible reconocer fragmentos en algo que suena como un embotellamiento a punto de estallar; todo está por acabar en cualquier momento allí; parece ser el sonido de la inminencia (¿cuánto tiempo puede escucharse algo así?). Y esta décima sinfonía ¿no torna innecesario ya que superpongamos por ejemplo la marcha nupcial del judío Mendelssohn con la del anti-semita Wagner o ambas *Goldberg* grabadas por Glenn Gould? Ni vivo ni muerto, el gato, aun cuando sepamos que Bill Millin tocó la gaita en el funeral de su viejo comandante.

Scriabin fue invitado dos veces por Tolstoi a ejecutar el piano en su residencia de Yasnaia Poliana. Encontraba su música sincera y agradable. También invitó a Wanda Landowska, la más grande intérprete de clave en el siglo XX, que estudió durante más de cuarenta y cinco años —casi tanto como el tiempo que vivió Glenn Gould— las

Variaciones Goldberg. Tolstoi no andaba muy bien de salud como para acercarse a Moscú a escucharla. Landowska moría por conocerlo, sentía una admiración a prueba de balas por él. En 1909 lo visitó dos veces, en enero y en diciembre. Solamente en el segundo viaje sucedió algo interesante para Tolstoi, que se aburría muchísimo siempre −"me desagradan sus lisonjas", escribió en su diario y no le había impresionado para nada la música que había escuchado.

A dos días de Año Nuevo, Landowska y su marido viajan en trineo hasta la residencia del escritor. Han enganchado el clave por detrás. Hace un frío espantoso. Por esas razones que solo el cuerpo entiende, en un momento el cochero detiene la marcha, hay algo que no funciona bien del todo, o al menos no como hasta momentos antes funcionaba. En efecto, comprueba, el clave se había desenganchado. Atardece y hace rato que cae una nieve desganada. Landowska intenta mantener la calma pero a su marido se le ocurre decir lo que debió haber dicho mucho antes: le había parecido escuchar un ruido de algo que caía pero jamás se le pasó por la cabeza el clave. En verdad no pensé en nada, le dirá a Tolstoi esa noche. Su mujer estalla en llanto y furia. El conductor del trineo pega media vuelta y salen en busca del instrumento. Hay que apurarse, las huellas se están borrando. Pasado un tiempo más que prudente detiene el trineo. Lo mejor es que los dos hombres rastreen la zona. No debe estar lejos. Landowska no respeta la sugerencia de quedarse y al cabo de unos minutos sigue los pasos de su marido, o por donde cree que su marido ha ido. Avanza en la nieve con el llanto en los talones. El frío vuelve neblina el aire y el cielo gana en cercanía, los colores se reúnen y los sonidos se diferencian. Está perdida. Grita, pero a su voz la quiebra el miedo. Camina un poco más y de repente el clave aparece, ahí, tirado, en una pequeña hondonada. Corre hacia él como si fuera un hijo. Lo acomoda. Constata que no se ha hecho daño. Intenta gritar de nuevo y lo que hay es quejido suave. Entonces abre la tapa del clave y golpea las teclas para llamar a los hombres. Pero un golpe así puede confundirse con la huida de los pájaros. Se calma, se quita los guantes y comienza a tocar. Una y otra vez lo mismo. El primero en escuchar la melodía es el cochero; corre hacia el clave con cierta dificultad. Se detiene antes de llegar, ahí al borde de lo hondo. No puede interrumpir nada porque ahora tiene seis años y no sabe si siente o no frío, acaso sí, pero no importa: siempre es bueno sentir algo de frío cuando los padres están cerca. Y así se queda hasta que el grito del marido abraza fuerte a Landowska; entonces más de cincuenta años pasan en un segundo. Vámonos rápido, dice cuando llega hasta ellos, es peligroso quedarnos aquí. Tolstoi quiere saber qué estaba tocando, pero su invitada no lo recuerda bien. Bach, cree, o Scarlatti, en todo caso, repitiéndolo hasta formar un vasto círculo.

Esa noche Landowska interpretará algunas de las *Variaciones Goldberg*. Al conde Tolstoi se lo ve concentrado, con una mano sobre la cara, pero en verdad hace esfuerzos descomunales para no dormirse, advierte Sofía, su mujer. Se despabila bien cuando, antes de que lleguen unas masas riquísimas, la invitada ejecuta una cancioncita tonta, "Old Man Dance", que a Tolstoi le encanta. Tres veces seguidas la toca ante su pedido. Cuatro, ahora. Y los ojos bien abiertos.

De los libros de su anfitrión, Landowska, y es casi una obviedad, prefería *La sonata a Kreutzer*, pero ni bien quiso hablar de ella, Tolstoi cambió de tema. La novela, publicada en 1889, se había convertido en algo premonitorio. En dos líneas: el protagonista descubre que su mujer lo engaña con un músico con quien practica la sonata en cuestión. Se enferma de celos hasta que finalmente la mata. Una trama contundente para expresar sus ideas sobre el amor, la castidad, el matrimonio. No muchos años más tarde, el pianista y compositor Sergei Taneyev pasa dos veranos en la residencia de Tolstoi. Sofía se enamora mal; su conducta desconcierta y molesta, hay algo de niña tardía que lleva a Tolstoi a un ataque de celos. Escribe en su diario que el músico visitante es la encarnación de la verdadera estupidez. Sabe que su mujer no hará nada con él más allá del pavoneo pero le molesta sobremanera haberse rebajado a celar como si su esposa fuera una posesión. Sofía ha decidido, incluso, aprender a tocar bien el piano con una profesora recomendada por el mismo Taneyev e imagina en voz alta un concierto a cuatro manos. Le toma muchas fotografías (ella estaba muy interesada en ese arte, decenas le había tomado ya a Tolstoi, resaltando su involuntario aire de patriarca bíblico). Sin embargo, contra lo que puede suponerse, la novela no es premonitoria. La explicación es banal y por lo tanto increíble. La mujer ha decidido, tan harta como enamorada de su marido, llevar a cabo el argumento. Como si fuera una partitura a ejecutar. Es que ya en las primeras páginas del libro el protagonista, que constituye claramente la voz del autor, dice respecto del amor: "En la vida, esa preferencia de uno sobre todos rara vez dura varios años: lo más común es que solo dure meses, cuando no semanas, días, horas". El amor de ella dura mucho más que unos meses. Por decir algo rápido: tres veces copió a mano *La guerra y la paz*, cuyas páginas superan las mil (Alma Mahler hace algo semejante con las partituras de su esposo, a quien engaña, sí, con el arquitecto Walter Gropius).

Sofía había sacado la foto donde posan Landowska y Tolstoi. Es una de las pocas pertenencias que alcanzó a llevarse cuando los nazis irrumpieron en Francia, quedándose con sus más de diez mil libros y su colección de instrumentos antiguos. La huida es de tempestad. Ese mismo día había grabado las sonatas para clave de Scarlatti. Puede escucharse claramente en la grabación a la artillería nazi. Tal es la concentración de Landowska que ni siquiera se va de tiempo. Y es una suerte que los ingenieros de sonido no pudieran borrar las bombas de fondo, hoy acaso valen más que el resto, como tampoco pudieron borrar en Nápoles los gritos de *Viva Italia* cuando María Callas grabó *Va pensiero* en el teatro de San Carlo una vez finalizada la Segunda Guerra. El reverso exacto de lo que ocurrió cuando Johnny Cash registra en vivo *Folsom Prison* en 1968. Los aplausos y gritos que se escuchan de los detenidos tuvieron que agregarse después para dar idea de concierto en vivo. Silencio devoto por el músico que canta: "Maté a un hombre en Reno simplemente para verlo morir". Un año antes los Beatles abrían *Sgt. Pepper's* con un falso recital. Aplausos a morir.

Antes de que saliera a la venta, Landowska tuvo acceso a la primera grabación de las *Variaciones Goldberg* de Glenn Gould. Le había fascinado. Ella, por su parte, las había registrado en dos ocasiones. La primera en 1933, la otra en 1945. Es decir, los años del ascenso y de la caída de Hitler.

Y siempre, sobre la mesa de trabajo, la foto con el gigante ruso.

Taneyev murió en 1915 a raíz de una neumonía que contrajo cuando asistió al funeral de Scriabin, de quien había sido profesor.

El hombre que destrozaba guitarras cuando nadie

tenía un miserable amplificador escuchó la música de las esferas por primera vez a los once años mientras tocaba la armónica bajo una llovizna después de una fallida excursión de pesca al río; desde ese momento la música fue su aliada inseparable para combatir lo que luego tuvo que ayudar el alcohol porque lo que ocurrió al otro día le trajo a la cabeza las noches atroces olvidadas de su infancia en la casa de su abuela. Así lo relata en sus memorias Pete Townshend:

"De pronto estaba oyendo música adentro de la música, una belleza armónica, rica y compleja que había estado encerrada en los sonidos que yo creaba".

Y al otro día:

"Esta vez el murmullo del río desató un manantial de música tan vasto que me pareció estar entrando y saliendo de un trance".

Tiempo después, animado por un amigo, quiere alistarse en los *sea scouts*.

"De nuevo comencé a oír la música más extraordinaria, espoleado por el gemido del motor y el chapoteo del agua contra el casco. Oía violines, trompetas, cellos, arpas, voces que se iban incrementando hasta que pude escuchar incontables secciones de un coro angelical".

Cuando la música cesa, niño Pete comienza a llorar desolado y pregunta a los otros chicos si habían escuchado lo mismo.

Y como iniciación de todo buen *sea scout* es obligado a pegarse una ducha con agua fría. Hace frío ya de por sí, es de noche, apenas un foco encendido en un lugar que no es adentro ni es afuera, una ducha contra la pared enmohecida, dos capitanes *sea scouts* ríen y se pajean mientras él tiembla. Y hasta que no concluyen, niño Pete no sale de la ducha. Le arrojan luego una toalla.

Un poco más de diez años pasaron y Pete Townshend se convierte no solo en uno de los grandes compositores del rock sino en el que mejor entiende el carácter físico de esa música. Un performer de sincera energía volcánica que no ensayaba sus movimientos escénicos. Más de una vez, en medio de las distorsiones eléctricas, podía escuchar una música que nadie tocaba en ese momento y que llegaba de todas partes a la vez. El joven Pete había compuesto una canción larga dividida en seis partes que lo transformaba radicalmente cuando la ejecutaba en conciertos: *A Quick One, While He's Away* constituía una verdadera catarsis de su pasado de niño abusado. Furioso se ponía, confiesa en sus memorias, cuando, al final del tema, gritaba una y otra vez el estribillo "Están perdonados" y era su abuela y sus padres y los amantes de todos ellos y él mismo los que estaban perdonados.

Y caía esa música del cielo de niño.

Y hay vibraciones que le llegan en medio de los recitales: "Era tan puro que pensé que el mundo entero se iba a detener, todo se estaba volviendo tan unido".

A principios de los setenta, lo asalta una idea tan fuerte como inexpresable. Lo poco que logró entenderse consistía en un concierto donde los espectadores entregaban de alguna forma los datos que los definían como personas al hardware de un sintetizador que al instante los transcribiría a patrones sonoros.

Tsunamis del sol traducidos. La suma de estas secuencias armónicas produciría un acorde universal, intuía. Sea eso lo que fuera.

Colgar campanas de las nubes.

Se grabaron horas de música en bucles interminables. La influencia de Terry Riley, un pionero del minimalismo que más de una vez hizo conciertos en la Capilla Rothko, es declarada y manifiesta. Todo el proyecto, que se llamó *Lifehouse*, terminó en un gran disco, *Who's Next*, que en nada se parecía a ese himalaya de corcheas espirituales que había imaginado un chico al que las voces de la noche nunca dejaron crecer del todo.

Messiaen: Uno de los grandes dramas de mi vida consiste en decirle a la gente que veo colores cuando escucho música, y ellos no ven nada, nada en absoluto. Eso es terrible. Y no me creen. Cuando escucho música, yo veo colores. Los acordes se expresan en términos de color para mí. Estoy convencido de que uno puede expresar esto al público.

Ya en primavera, un poco antes del amanecer, Olivier Messiaen salía a los bosques a escuchar los primeros pájaros del día. Solo llevaba una cartera de la que jamás se desprendía, llena de papeles y partituras. Transcribía en el pentagrama el canto de las aves, la mejor música del mundo, decía a quien quisiera escucharlo. Llegó a convertirse en un experto ornitólogo. De estas anotaciones han surgido obras muy notables, como *Despertar de los pájaros*. Música imprevisible que puede finalizar en cualquier instante. Hay algo que la asemeja al arte conceptual: si se explica antes que se trata de pájaros, el oído se preparará para trinos y gorjeos o al menos para algo cercano a eso. Y a lo imprevisible que no rige el azar: así cantan y vuelan y así mueven la cabeza las aves. No sabemos lo que va a venir ni recordamos bien lo que acabamos de escuchar. Una música que es puro presente animal.

Messiaen: Los pájaros son lo contrario del tiempo; son nuestro deseo de luz, de estrellas. De arco iris y de jubilosas vocalizaciones. Cada pájaro, cada instrumento, tiene su tempo diferente y superponiéndolos se logra una armonía confusa y gozosa.

¿Algo parecido a ese acorde universal?

Música para acabar con el mundo o con el tiempo, que viene a ser más o menos lo mismo.

En invierno, cuando viajaba hasta los bosques de Bellême para escuchar mirlos, zorzales y ruiseñores, Messiaen solía levantarse muy temprano, mucho antes del amanecer. ¿Qué pájaro canta a esa hora? Su mujer lo escuchaba prepararse un café, siempre lo tomaba muy cargado, a veces una sopa espesa, y salía. Ella no lo acompañaba en esas excursiones tan gélidas. En verdad, su intención no era la de escuchar aves sino la de atrapar una aurora boreal. ¿Las hay tan al sur?, le había preguntado su esposa. Pues bien, Silesia se encuentra casi a la misma latitud que Bellême, un poco más al norte, no mucho. ¿Por qué no podrían llegar hasta aquí las auroras?

Jamás pudo contemplar otra. Se quedaba en silencio mirando el cielo helado en los claros del bosque hasta que llegaban las primeras alondras y cardenales.

¿Y no son acaso auroras boreales esas grandes bandadas que al desplazarse forman complejas figuras, planos que se superponen? No las vemos en colores porque podemos escuchar su canto.

La bandada como un gran cerebro que vuela.

Galaxia de hormigas australianas.

Entonces, cuando la Sociedad de Música de Cámara de Nueva York lo contrató para que hiciera una composición que celebrara los doscientos años de la independencia norteamericana, a Messiaen no se le pasó por la cabeza ir a la Gran Manzana a ver las luces que habían inspirado a Mondrian el más musical de sus cuadros sino que pidió ir al Bryce Canyon en Utah para poder contemplar una verdadera aurora boreal de piedra que es también una suerte de Rothko de buen ánimo, bien rojo y amarillo en vivas franjas desordenadas. Compone *Del cañón a las estrellas*, una obra que, de nuevo, es puro presente.

El sexto movimiento consiste en un solo de trompa y mucho silencio.

Se titula "Llamada interestelar".

Messiaen: Las llamadas se hacen cada vez más roncas y desgarradoras: ¡no hay respuesta! Las llamadas caen en el silencio. En el silencio quizás haya una respuesta, que es la adoración.

Trabajó en la obra tres años. La finalizó en 1974. En ese año se emitió desde la base de Arecibo la primera señal de radio para que sea captada por alguna inteligencia extraterrestre. Tardará veinticinco mil años en llegar a destino, la constelación de Hércules; deberíamos aguardar otro tanto para la respuesta.

Al menos hasta principios de 1992 el turista o el feligrés que se acercaba a la iglesia de la Santa Trinidad en París podía escuchar una música que por momentos, para un oído desprevenido, sonaba con cierta disonancia y por momentos como si se abriera una grieta para mirar el cielo. Difícil seguirle el ritmo, a veces sonaban piezas como de music hall, con algo de Gershwin, ritmos impredecibles, cadencias orientales. Un milagro que la iglesia permitiera eso en la liturgia.

El órgano suena raro, es cierto. Sin embargo, el padre Yves reconoce que sus palabras "cobraban vida" en la misa cuando el organista improvisaba.

Es que Messiaen les traía la aurora boreal de regreso.

Llegan y se van casi juntos de Nueva York el artista plástico Piet Mondrian y el boogie-woogie. De Holanda uno, haciendo escala previa en Londres, huyendo de los nazis siempre pese a tener, en serio, el mismo bigote que el führer; de Kansas, pasando antes por Chicago, el otro, traído por un productor al Carnegie Hall en un concierto memorable patrocinado por el periódico comunista *New Masses*. A la semana del recital los pianistas intervinientes ya estaban grabando sus discos y colmando todas las noches los bares del Greenwich Village, en especial el Café Society Downtown que recaudaba fondos para la causa comunista. Estamos en 1940.

De alguna manera la rígida educación calvinista que recibió Mondrian en la infancia puede verse en la austeridad de sus telas: reduce los colores a los tres primarios y los encierra en cuadrados delineados por perfectas franjas negras. El arte como forma de vida: no había nada verde en su casa y doblaba las esquinas en ángulo recto, de veras. Y si sus pinturas nada dicen es porque precisamente ese es su objeto, acallar toda emoción, todo sentimentalismo. Su propósito, ha escrito muchas veces, es el de cristalizar la estructura básica de la realidad. Ir más allá de las apariencias, correrle el velo a Isis. Se cansó de explicar que sus trabajos no eran puros ejercicios formalistas sino un intento de conciliar polaridades –lo masculino y lo femenino, por ejemplo, que él veía en las líneas horizontales y verticales–. Verdaderos mandalas son sus obras.

La etología estudia el comportamiento de los animales, es decir, lo que a simple vista observamos en un perro. Con los cristales de la biología podemos hacer foco en su aparato digestivo, con los de la química aumentamos el tamaño para distinguir allí aminoácidos y azúcares; si pretendemos dar cuenta de las moléculas que componen las células y los átomos que componen las moléculas debemos recurrir al auxilio de la física; y si nuestra intención es ir más allá de leptones y quarks, es decir, más allá de la física, no deberíamos abrir tanto un libro de Leibniz u otro filósofo para averiguar qué es lo que hay del otro lado sino entrar a una sala donde cuelgue un Mondrian y descansar la vista en la quietud de sus planos, hacer foco en la intersección de dos franjas negras, por ejemplo, y aguardar a que aparezca una nube de galaxias que al acercarse se reducen a una sola donde distinguimos la estrella sobre la cual orbita el planeta cuyo brillante color azul se empasta de manchas marrones y verdes a medida que nos aproximamos hasta dejar en el umbral del ojo una ciudad en la que reconocemos en el patio de una casa de barrio a un cachorro cansado de ladrarle a la única cosa que pueden ver en colores los perros.

Mondrian siempre estuvo interesado en la música. Ya en Ámsterdam había defendido las aventuras de uno de los primeros compositores minimalistas, Jakob van Domselaer y, cuando el gobierno prohibió los bailes públicos en 1915, no hubo fiesta privada que no animara con su personal estilo de baile. Descubre el jazz al llegar a París y se vuelve completamente loco. Encontraba allí el ritmo que necesitaba para su pintura y, cuando le llegó el rumor de que el charlestón sería prohibido en Holanda por indecente, se lamentó de no poder ya regresar nunca más a su país. Siempre de saco y corbata, formal hasta lo indecible, muy solicitado por las mujeres y jamás con un cobre en el bolsillo son pinceladas ineludibles aun para una apresurada biografía. Con la artista Lee Krasner −la más importante de la posguerra− solían ir al Minton's Playhouse a bailar jazz, pero nunca, que se sepa, pasó nada entre ellos. Acaso él estuviera enamorado.

La noche en que llegó a Nueva York se fue a un bar a bailar boogie hasta las seis de la mañana. Y es una verdadera suerte no tener un film donde podamos ver a Mondrian moverse. Mejor dejarle esas cosas a la imaginación y figurarnos un estilizado bailarín graciosísimo en vez de un entusiasta más bien torpe. Algo así sucede con la única grabación que existe de un castrato, del último de ellos, claro, que decididamente no ha tomado de los ángeles su voz pese a haber sido solista del coro de la

Capilla Sixtina durante quince años aunque, concedamos, su aspecto rechoncho tiene algo de querubín. Se llamaba Alessandro Moreschi, había nacido en 1858 y una vez retirado del canto dirigió el coro vaticano hasta 1913. Las grabaciones son de 1905. Moreschi no tiene ni técnica ni educación vocal. Se lo puede escuchar por internet interpretando el *Ave María* de Gonoud y el efecto es, por lo menos, siniestro. Convengamos que un contratenor (la voz más aguda a la que puede llegar un cantante) puede resultar un poco gravoso, lo mismo que ciertos falsetes de algún cantante de rock. Moreschi suena como cordero al filo del holocausto, más si observamos una de las dos fotos que hay en la web. Estamos contemplando una totalidad y eso cobra impuestos a nuestro ánimo. No es un hombre y una mujer a la vez sino algo más completo: un hombre y una niña en un solo cuerpo. Una voz de histeria contenida y una mirada en su retrato detenida en el borde de la sonrisa o del llanto, como si supiera el más íntimo de nuestros secretos. Que muera pobre y olvidado cae de maduro en un retrato semejante.

En el estudio de Mondrian en Nueva York el jazz y el boogie ensordecen al visitante. El holandés errante no se queda quieto nunca —de hecho, en las fotos en su estudio siempre aparece ligeramente movido—. Mondrian es Jekyll y Mr. Hyde. Da luz a una severísima geometría de reglas calvinistas mientras afuera de la tela truenan boogies.

A diferencia de las ciudades europeas, Nueva York es una cuadrícula casi perfecta animada por luces de automóviles, semáforos y carteles de colores planos y vibrantes. En una ciudad así no hace falta doblar la esquina en línea recta y puede uno osar ponerse una corbata verde. Entonces las líneas negras son ocupadas por cuadraditos de colores en síncopa como en el jazz. Y cada uno de ellos obedece a una razón rítmica irrefutable. Un año estuvo así pintando la que acaso sea su obra maestra: *Broadway Boogie-Woogie*.

Piet Mondrian muere en 1944, a los setenta y dos, el mismo año en que el boogie dejó de ser moda en Nueva York. Deja inconclusa la obra *Victory Boogie-Woogie*.

Broadway es la única avenida que no respeta la simetría de Manhattan.

En 1945 Lee Krasner se casa con Jackson Pollock.

Cuando el sol ya ha caído, y es menos que un plato contra el horizonte, suelen verse volar muy alto algunas bandadas de pájaros. Se alejan en silencio hacia los últimos resquicios de luz. Una vista muy aguda puede enfocarlos casi por un minuto. Si por algún motivo se desacomoda la mirada, es muy difícil encontrarlos después. Algo así ocurre con la música, con casi el noventa por ciento de todo lo compuesto. Las canciones languidecen lentas hasta que un día alguien las escucha íntegras por última vez. Sobreviven en algún silbido involuntario, en el fraseo de un piano de jazz, en una publicidad. Sin pausa se deshilachan. De algunas de ellas se nos han alojado en la cabeza unos cuantos compases durante días y es algo parecido a esa tortura china de la gota de agua sobre la cabeza.

Muchas veces lo que se inició como un riff indolente terminó convertido en un mantra insoportable que la banda se ve obligada a tocar en algún momento del concierto si no quiere que el público prenda fuego el teatro. Hay que pensar muy bien qué historia se le va a narrar a un niño antes de dormir, saben las abuelas. No hay mucha diferencia entre Sísifo, un cuento nocturno y un hit. Entonces los músicos, las abuelas, saben que el cuento no les pertenece, que hay que cantar y punto; acaso se permite a regañadientes alguna contingencia, como esa pizca de páprika que se agrega a una receta. Una liberación verdadera resignarse a mero intermediario. Cuando la voz de uno es la voz del pueblo, pues el autor desaparece (de todos modos nadie quiere renunciar a las regalías).

Al parecer hay una canción de los Rolling Stones que solamente tocan para ellos cuando prueban sonido o ensayan. Jagger & Richards son los autores. Nunca ha sido registrada. Y han hecho lo imposible para que nadie pudiera grabarla a escondidas; que se sepa, solo la tocan ante algunas personas de extrema confianza de su equipo. Nadie más. Una o dos veces, cuanto mucho: como cábala antes de iniciar una gira. Es un tema que sobrevive en el tarareo mental de algunos pocos afortunados hasta que de inmediato lo pisan con otra canción como para que nadie pueda retenerla. La letra o el recuerdo de la letra no parece tener mucho sentido. En un momento se pensó que podría grabarse en un nuevo álbum pero, como buenos artistas, saben que ya perdió su tiempo. No se recibe de buena cara a un muerto que resucita o a alguien que nace viejo. El rumor por supuesto se ha esparcido y también se dice que otros grupos han hecho lo mismo, o que en verdad la historia pertenece a otra banda. Es un tema precioso, armónicamente muy simple y con un riff devastador. Mejor que "Satisfaction", exageran. Han cuidado su tesoro cuarenta años para evitar tocarlo para siempre.

"Nuestra mejor canción no fue grabada aún", ha dicho Keith Richards en más de una ocasión y todos quisieron ver el optimismo creativo de un artista. Jagger cada tanto dice lo mismo; una vez deslizó sonriendo un koan: "Cada tanto la tocamos".

A veces, en alguna improvisación los acordes suenan solo un par de compases. En algún video se ve a Jagger y Richards cruzar miradas y reír.

Se dice que en una prueba de sonido en 1977 alguien la grabó. Y circuló en un disco pirata. Pero no se sabe bien en cuál de los cien barcos se encuentra.

En verdad a nadie debería importarle saber cuál es, como la fórmula secreta de la Coca Cola. Al no haberse escuchado en el tiempo de su composición no existe la crisálida de asombros que la protejan de la obviedad. Ahora suena como cualquier otro tema.

La *Novena sinfonía* de Beethoven fue estrenada en Viena en 1824. El director había ordenado a los músicos no prestar atención a ninguna indicación que diera el autor durante el estreno; de hecho, ya había intentado dirigir un ensayo de su ópera *Fidelio* y todo resultó un auténtico desastre. La obra ha concluido, pero Beethoven, con la vista en la partitura, continúa dirigiendo; la contralto Caroline Unger le tira de la manga para que se dé vuelta y salude a un público exultante que ya había interrumpido el concierto con sus aplausos en dos ocasiones. La escena es un postre caramelo muy bombón para cualquier espíritu romántico. Sufrimiento, dificultad y redención conforman el triángulo perfecto para una geometría del arte puro. Beethoven es un Moisés que no puede entrar a la tierra prometida. Y hay algo de triunfo cuando la policía ordena silencio al iniciarse la quinta ovación, dos más que con las que se aclama al emperador, ausente en el concierto, acaso por las ideas republicanas del compositor.

El problema del sordo es que nunca deja de escucharse a sí mismo, como esa niebla cremosa que impide al ciego recuperar la noche en serio. Pero una vez que comienza el camino de su sinfonía, Beethoven alcanza el silencio verdadero.

Ante él, entonces, el vacío: el cero sin yo donde gritan los chicos.

Hay melodías a las que nunca se las escucha por primera vez. Quiero decir que se las viene oyendo desde antes de que aprendamos a hablar.

Y como para un niño todo es por vez primera, la *Novena*, la arena de la playa y un trompo laten igual.

Hay algo de corazón de madre en esas melodías que suenan desde siempre.

Dos aguas crudas se entremezclan cuando un bebé oye una canción.

El Atlántico y el Pacífico se encuentran en el pasaje de Drake. Se suceden mareas terribles porque el Pacífico es más alto que su hermano, medio metro, no más; cruzar el pasaje no es fácil: en la oreja del marinero cuelga el aro que corrobora la hazaña.

Más abajo, entonces, el agua del niño.

La primera música llega siempre desde el cielo.

La voz de la madre es un océano sin peces.

Sin soporte fonográfico, ¿cuánto le llevó a la nana de Brahms dar la vuelta al mundo?

Como los cuentos de hadas, las sinfonías siempre terminan bien.

Y acaso todas las canciones del mundo siempre terminen bien.

Una narración donde no existen los malos, a veces la música se parece a eso. Como el pensamiento de una galaxia.

Y colorín colorado.

No hay secuelas, el monstruo no vuelve.

¿Una sinfonía, cualquier composición, termina

porque ya no hay más nada para decir? ¿Porque se agotó el relato y lo que sigue es redundancia?

La *Novena* de Beethoven acaba ligerito, como si luego de haber revelado algo los músicos se apresuraran a retirarse temerosos de un escarmiento. Un secreto dado a luz parece entonces, ya perdido para siempre.

Mahler concluye su *Novena sinfonía* con un violín que se aparta del resto de la orquesta hasta quedarse solo. La melodía se aleja como si se internara en la noche.

Cada vez más lento y suave.

Hacia la quietud y el silencio.

Hay una verdad en ese viaje porque se trata de un regreso.

Muy distintos a esos finales rimbombantes que parecen no terminar nunca, pura fanfarria chan chan casi mantra de quien cree que ha dicho todo lo que pueda decirse.

¿No debería concluir así la *Novena* de Mahler, a pura fuerza de campanas? Después de todo, es la última gran sinfonía de una tradición que acaso inicia Beethoven.

Pues eso no sucede porque dos años antes había muerto su hijita mayor.

Y ese violín es una canción de cuna que se estira hasta lo indecible y que solo puede escucharse como nana desde una aurora boreal.

Por eso cuando la obra termina, y se puede ver en mil videos, hay un silencio que a veces llega a los tres minutos. Y el director mueve aún la batuta porque a los niños muertos también se los acuna.

Mahler parece haber compuesto casi noventa minutos de música solo para alcanzar ese silencio.

Claudio Abbado la dirigió en el Teatro Colón de Buenos Aires. Unos días más tarde Martín Kohan comentó: "Aplaudimos porque es lo que la costumbre indica. No había que haber hecho ningún ruido. Irnos casi en puntas de pie".

Si se observan videos de personas sordas de nacimiento en el instante en que recuperan la audición, no hay una que no llore llevándose una mano a la boca. Y quienes las acompañan, los médicos, la familia, ríen invariablemente. Algo semejante ocurre durante un parto.

The Who consumaba sus conciertos destrozando los instrumentos con una furia sincera.

Terminar así.

Terminar así.

Y distinguir en ese ruido atronador no un final sino el palpitar inquieto de un mundo que está naciendo.

Y recordar siempre que todo es posible frente al mar.

DA CAPO

Sobre fines de 1956 comenzaron los contactos entre las embajadas de Rusia y Canadá para promover una política de intercambios culturales. De todos ellos el más impactante sería la visita de Glenn Gould en mayo del año siguiente.

En un país que proclama el ateísmo como religión oficial de Estado, una obra como la de Bach no puede ser sino mirada con mucho recelo. Su música de cámara solo se ejecuta bajo ciertas condiciones de deshielo; pasiones, cantatas y oratorios, ni silbando bajito.

Gould aterriza en Moscú con cincuenta discos de sus *Goldberg* bajo el brazo y un librito elemental de expresiones rusas para ofrecer seis conciertos, tres en la capital y otros tres en Leningrado. Y como ambas ciudades se recelan desde siempre, la tradición quiere que ninguna acepte a pie juntillas lo que la otra consagre.

La fama no precede al pianista, por eso, pese al muy barato precio de la entrada, solo un tercio de la sala Bolshoi del conservatorio de Moscú se encuentra ocupado. Sin embargo, bastarán solo cuatro contrapuntos de *El arte de la fuga* para que los espectadores salgan a la calle en el intervalo, y los intervalos rusos son extensos como sus novelas, y llamen por teléfono a todos cuantos puedan. Telegramas de voces entusiastas dicen de un muchacho canadiense de excéntrica seguridad que toca el piano como pocos —eso no es gratis en un país donde son muchos los músicos que tocan como pocos—. Entonces, para la segunda parte del concierto ya no cabe un alma, como suele decirse, y es mucha la gente que se quedó sin poder entrar a la sala. Para la noche siguiente deben agregar sillas en el escenario y permitir que más de novecientas personas escuchen de pie al prodigio.

Y acaso por su afán de diferencia, en Leningrado ocurre exactamente lo mismo. El calco de los espejos: teatro a medio llenar, intervalo, gente afuera, sillas en el escenario en la siguiente velada, media hora de aplausos.

Pero esta vez lo colmaron de flores azules porque ahora nadie estaba en guerra.

La diferencia horaria entre Toronto y Moscú es de casi ocho horas. Gould alcanza en vuelo al día que viaja a Canadá desde Siberia y se lo lleva puesto como un saco viejo. Aterriza entonces con el sueño cambiado y no hay percha donde colgar el traje.

Sol a rajatabla en la tienda de Sherezade.

Luego del concierto donde ejecutó las *Goldberg* (obra que, es hora de decir, nunca figuró entre sus predilectas), luego de cenar y aburrirse como una ostra porque odiaba los protocolos y el vodka, ordena al conserje no ser molestado, se acuesta tapado hasta la barbilla —a donde fuera llevaba consigo el frío— y los ojos demoran un haiku en caer. Unos pocos pensamientos desordenados antes de que el insomnio de añares desaparezca.

Cuenta su padre que ni bien el pequeño Glenn ya podía sostenerse sobre las rodillas de su abuela, no golpeaba con las palmas las teclas del piano como hacen todos los bebés sino que se obsesionaba con una sola de

ellas y la mantenía apretada hasta que dejaba de sonar.
Una y otra vez.
La vibración cada vez más débil lo fascinaba.
Una y otra vez.
Insistiendo sobre lo que ha de extinguirse.
Una y otra vez.
Hasta llegar a la luna.
¿Hay acaso una forma más bella de entrar al sueño?

Sopkoynoy nochi.

CHARCO PRESS

Directora editorial: Carolina Orloff
Editor y coordinador: Samuel McDowell

www.charcopress.com

Para esta edición de *Una ofrenda musical* se utilizó papel
Munken Premium Crema de 90 gramos.

El texto se compuso en caracteres Bembo 11.5 e ITC Galliard.

Se terminó de imprimir en noviembre de 2021
en TJ Books, Padstow, Cornwall, PL28 8RW, Reino Unido
usando papel de origen responsable en térmimos
medioambentales y adhesivo ecológico.